# 古典詩歌研究彙刊

## 第四輯

龔鵬程 主編

## 第 19 冊

## 王靜安詞研究

趙桂芬 著

國家圖書館出版品預行編目資料

王靜安詞研究／趙桂芬 著 — 初版 — 台北縣永和市：花木蘭
文化出版社，2008〔民 97〕

目 2+134 面；17×24 公分
（古典詩歌研究彙刊 第四輯；第 19 冊）

ISBN 978-986-6657-49-8（精裝）
1. 王國維 2. 詞論

852.482                                              97012023

ISBN - 978-986-6657-49-8

9 789866 657498

古典詩歌研究彙刊
第四輯 第十九冊                 ISBN：978-986-6657-49-8

王靜安詞研究

作　　者　趙桂芬
主　　編　龔鵬程
總 編 輯　杜潔祥
出　　版　花木蘭文化出版社
發 行 所　花木蘭文化出版社
發 行 人　高小娟
聯絡地址　台北縣永和市中正路五九五號七樓之三
　　　　　電話：02-2923-1455／傳眞：02-2923-1452
電子信箱　sut81518@ms59.hinet.net
初　　版　2008 年 9 月
定　　價　第四輯 20 冊（精裝）新台幣 28,000 元

# 王靜安詞研究

趙桂芬 著

## 作者簡介

趙桂芬，祖籍江蘇，生於台灣。輔仁大學中國文學系畢業、東海大學中國文學研究所碩士，現為國立高雄師範大學國文學系博士候選人，台南科技大學通識教育中心副教授。學術專長為古典詩詞、女性文學、兒童繪本。著有《姜白石詞研究》，及〈晏殊詠花詞審美特徵試析〉、〈人間少有別花人——試析白居易詠花詩中的情與志〉、〈《詩經·秦風·蒹葭》夢幻主題探析〉、〈《吳歌西曲》的女性書寫特徵〉等單篇論文。

## 提　要

　　靜安先生一生著述廣博，尤其在史學及文學批評上有獨到的精識銳見，轉移了大多數人的注意力，忽視了靜安詞作的藝術價值，以及其在文學史的地位與評價。因此，值得從事文學研究的人深入探查，了解其中內蘊。

　　靜安詞作集錄於《王觀堂先生全集》一書裡，全集第四冊收錄《苕華詞》九十二闋，第三冊收錄《觀堂長短句》二十三闋，合計一百一十五闋。

　　本論文的研究方法融合傳統的文評法，及現代的文評法，共分五章：第一章屬於傳記研究，深入了解靜安的生平志學。第二章論列靜安的思想，應證其在詞的創作上，不獨是個人情感的發抒，亦有理論上的依據，所以能表現深刻的人生境界。第三章探討靜安詞的形式，藉由語言的表現作分析，就意象、節奏二部份加以討論。第四章就存在於靜安詞裡的思想感情一一剖析，了解其思想內蘊。第五章則透過語言及情思的表現，歸納靜安詞的整體境界。

　　最後，透過對靜安詞的整體性研究之後，評定其藝術成就，並確立靜安詞在文學史的地位。

　　此外，近人對靜安自沈一問題的爭議頗多，而透過此一問題的探討將更能深入了解其思想、性格，因此不揣淺陋地附錄於後，以為參考之資。

# 目次

# 緒　論


　　清代文學在中國文學史上的意義，是上承歷代各種古典文學之薪火，下啓民國新文藝運動之序幕，藻采芬溢，燦然俱備的時代。論者或以爲有清一代之文學，內容不如外形，思想不如文字，但有聲調詞藻之美，而神韵氣格不高。然以斷代爲論，清代之詩、詞、曲、賦、駢文、古文、戲曲、小說及翻譯文學，無不盛極一時，各具異彩。其承啓之功，較之元、明兩代，超軼實多，即比之唐、宋盛世，亦無遜色，實爲一古典文學鞾鞾風發的盛世。

　　詞是藉由文字與音樂結合之新詩體，側重於音律與語言之契合。其語言纖巧精細，造境搖曳空靈，取徑幽約怨悱，寄託要眇深微，不僅發揮了中國文字的音樂潛能，並且創造了中國文學抒情傳統的最高峰。〔註1〕故在中國古典文學史上能別樹一幟，獨具價值。清世士大夫之愛好文藝、崇尙風雅者，無不致力於詞學之研究與創作，無論審音守律、修辭遣字，乃至詞集的校勘與整理，均異常認眞，成績斐然可觀。雖然，較之兩宋或不及其雄深，然其富於變化，固爲金元之人所不及，良以剝極而復，而能上探五代之驪珠，下振兩宋之墜緒，故有詞學復興之譽。

---

〔註1〕　陳世驤，《陳世驤文存》〈中國的抒情傳統〉說：「以字的音樂做組織
　　　　和內心自白做意旨是抒情詩的兩大要素。」頁32。

　　清初詞風實仍承衍明季餘韻，大率宗法《花間》，間取歐、晏，以婉麗爲主，文采豐美，而音律未細。初期以吳偉業、龔鼎孳、梁清標最負盛名，三人皆前明舊臣入仕滿清者，於酒邊花下，深慨滄桑，因假長短句以澆胸中塊壘，藉抒抑鬱之氣，句有寄託，音務諧暢，吳越搦管操觚之士，遂聞風競起。康熙以後，陳迦陵、朱竹垞聯鑣競爽，齊名並進。迦陵氣盛而筆重，辭鋒橫溢，偏尚豪放，追跡蘇辛，爲陽羨派之初祖；竹垞情深而多才，學識淵永，意主清空，尊法姜張，開浙西派之宗風。清朝中葉以還，陽羨、浙西兩派漸爲時人所垢病。陽羨一派詞氣盛筆重，佳處在於雄渾俊爽、縱橫跋扈，一掃詞之纖弱弊病；然其缺失却在不能深厚，逸韻雅調盪然無存，流於粗獷叫囂，遂至衰頹。浙西派詞人大抵學識淵博，所作詞高秀超逸，足以補拙滯之病；其弊在於喜好用事運典，染上餖飣積習，至末流則失之空疏浮薄，淪於委靡堆砌，終少性靈，漸趨僵化。嘉慶年間，張惠言乘二派衰歇之際，闡「意內言外」之旨，主張製詞必以比興寄託爲主，以深美閎約爲貴，以沉著醇厚爲歸，而以協律爲末，上接風騷，尊清眞而薄視姜張，一時和者甚眾，常州派因而肇興。常州一派詞貴寄託，尚蘊藉，其佳處在沈鬱醇厚、深美閎約；其弊則使詞旨流於隱晦，幾成詩謎，遂日趨式微。

　　於此三大派之外，不標門戶，不爲所囿，而能卓然自具風格者，如納蘭容若之清雋婉麗、哀感頑豔；顧貞觀之情致眞切、圓朗疏放；項鴻祚之幽豔鬱深、渾融俊秀；蔣春霖之婉約深細、沈鬱自然；王鵬運之清眞渾化、蒼莽激楚；鄭文焯之音律精審、聲采超逸；朱孝臧之情味醇厚、格調高簡；況周頤之眞摯淵永、沈思獨運；王國維之意境深婉、義諦精微，皆一時之秀，磊落間起，蜚聲於詞壇。而納蘭容若與王國維尤能開徑獨行，後先輝映。賀光中《論清詞》云：

> 清代前後兩把交椅，若以天資勝人，婉麗俊逸而論，則應
> 容若與觀堂分坐，此亦清代詞壇之奇事也。〔註2〕

〔註2〕賀光中，《論清詞》下篇十三，頁196。

又云：

> 容若異軍突起於前，觀堂步武頡頏於後，而五代之墜緒，
> 絕而復續焉。〔註3〕

容若出身貴冑，天資穎慧，才氣凌厲，詞擅小令，清婉動人處，
洵足追美南唐二主，被譽爲「國初第一詞人」。〔註4〕靜安亦贊之曰：

> 以自然之眼觀物，以自然之舌言情。……北宋以來，一人
> 而已。〔註5〕

迨至清季，外患頻仍，朝政益棼，百姓苦於鋒鏑，士子學人目睹
國勢凌替，慨然執筆發之於詞，所作不徒自抒愁歎，並於隱微幽咽之
中，寄寓時代之悲歡順逆，是以詞作多黍離麥秀之思、哀蟬孤雁之音，
宛然小雅怨悱之旨。詞家或祖南宋、或宗北宋、或追慕南唐五代遺風，
無體而不具，大率衍清代諸派之緒而自出手眼，各造新意。

靜安生於末造亂世，正值西學東漸之際，學無專師，自闢戶牖。
作詞標舉南唐五代及北宋，清邃雋永，別開境界，振聲於晚清詞壇，
亦使千餘年來之詞壇放出最後的異彩。而其最特出者，則在於融東西
方哲理於詞中，極寫宇宙人生的流離傷亂之感，別具風貌。錢基博嘗
評論清季詞作云：

> 清季詞融今古，理通歐亞，集舊文學之大成而要其歸，蛻
> 新文學之化機而開其先。〔註6〕

以之評論靜安詞的價值，亦可當之無愧。

雖然，晚清是一舊政體的結束，也是傳統文學的結束，但並非衰
微頹敝的尾聲，而是一個光彩絢燦的落幕，亦是一代文學新興的契
機。因爲，文學作品之新舊與否，不在形式，端視內容爲旨歸。靜安
化人生哲理於言情寫景之作裡，思深意苦，託興遙深，誠非並世詞家
所能望其項背者。惜乎後世僅知其長于金石小學，一生著述特以古史

---

〔註3〕同註2，頁197。
〔註4〕況周頤，《蕙風詞話》卷五，頁121。
〔註5〕王國維，《人間詞話》五二則，《全集》第十三冊，頁5939。
〔註6〕錢基博，《現代中國文學史》編首一。

學傳世，至於少時所作《苕華詞》一百一十五闋，遂因此而湮沒無聞。筆者爲使後世論詞者正視靜安詞的價值，予以正確的評估，以及確立靜安詞於詞壇的地位，因而勉力研治，藉窺靜安詞作之奧窔。識力所囿，挂漏殊多，而苦心或蒙見諒也。

# 第一章　靜安先生傳略

　　關于靜安先生的生平，除了見諸碑傳集補外，晚近流傳的年譜有二家：一是趙萬里撰《王靜安先生年譜》；另一是王德毅所撰《王觀堂先生年譜》。其中以晚出的《王譜》最爲詳贍精審，將靜安生平之志事與絕學，探查入微，案語亦平允中肯。本章對靜安生平的介紹，即根據《王譜》的資料次第記述。

## 第一節　家世與生平際遇

　　王國維，浙江海寧人。初名國楨，字靜安（一作靜庵），亦字伯隅。初號禮堂，晚以所居命名曰「永觀堂」，因更號「觀堂」，又號「永觀」。生於清光緒三年十月二十九日（1877），卒於民國十六年六月二日（1927），享壽五十有一。靜安先世籍隸河南開封，北宋時，遠祖王珪、王光祖、王禀、王世均以武功顯，其中兩世死國難。及宋室南渡，禀之子王荀、王薿二人扈從高宗南下，遷於海寧，子孫遂世代定居於此。自靜安高祖以下，三代皆爲清代的國學生，世以儒學傳家。父乃譽，字與言，號蕘齋，爲清諸生。嘗游幕溧陽，值洪楊之亂，於是棄幕就賈，於貿易之暇，頗攻治書畫篆刻及詩古文辭，尤以畫最工，能仿錢叔美之作，爲時人所稱道。後此靜安治文學、美學，議論風采度越前人，固然由於西洋學說爲之瀹發，實際亦得力於乃父的遺澤。

母凌氏，生姊蘊玉及靜安二人。

靜安幼即岐嶷，穎悟好學。四歲（1879）喪母，幸賴祖姑母范氏、叔祖母之提攜撫育，及長姊之悉心照顧，至於成立。七歲（1883）就傅於鄰近私塾潘綏昌處。十一歲（1887）改從同邑庠生陳壽田受業。家有藏書五、六篋，幼時除不喜十三經注疏外，其餘晚自塾歸，每加泛覽。其父復課以駢散文及古今體詩，皆能成誦。靜安早歲於文學有獨到的見解，於詩詞亦有深湛的造詣，當歸功於此時所植下的深厚根基。

十六歲（1892）入州學，見友人讀《漢書》悅之，於是以幼時所儲錢購前四史於杭州，自言是平生讀書之始。時與同邑陳守謙、葉宜春、褚嘉猷三人爲硯友，朝夕過從，上下議論，搜隱抉微，因有「海寧四才子」〔註1〕之稱，然咸推靜安爲第一。

中日甲午戰起（1894），朝野諸人目睹國勢陵替，方抵掌爭言時事，競談維新變法以圖強，靜安此時方知世有所謂「新學」，因亦思有所自奮，但是家境並不富裕，不能以餘貲供遊學，是以居恆鬱鬱不樂。其後，曾兩次（十八歲及廿一歲）應鄉試，俱不中程。父示以康梁疏論，大爲折服。當時靜安方弱冠，天才橫溢，亦思有以自試，於是棄帖括而不爲，絕舉子業而不就。

二十歲（1896）夫人莫氏來歸。二十二歲（1898）爲事蓄之謀，乃束裝赴上海，供職於汪康年所創之時務報社，掌書記校讎之事，所得至微，然此行實爲靜安平生事業發端之始。此時羅振玉方設立東文學社，爲農學社訓練譯才。靜安請准於汪康年，日以午后三小時往學，但以館中事務繁鉅，聽講之外，絕少自修之暇，深以爲苦。曾於同舍生扇頭題〈詠史〉七絕一首，末聯云：「千秋壯觀君知否，黑海西頭望大秦。」羅氏見而驚異之，於是拔之於儔類，爲贍養其家，俾使力學，無內顧之憂。其後靜安之知學問識塗轍，以至發奮成名家，得助

---

〔註1〕 陳守謙，〈祭王忠愨公文〉。收錄於《王觀堂先生全集》（以下簡稱《全集》）第十六冊，頁 7116。

於羅氏的獎掖啓迪實多。

　　靜安在東文學社從日人藤田豐八、田岡佐代治二君學習東西語文及科學，凡兩年又半。二君本治哲學，靜安偶然從田岡佐代治文集中有引康德、叔本華哲學之精闢語，見而深喜之，但以文字睽隔，不能直接研讀，於是決意專心習英文。此後數年，學習英文從未間斷，殆爲研究康德、叔本華等人哲學作準備。及至庚子亂起（1900），學社解散，乃歸里自習。由此可知，靜安日後醉心於哲學，實受二君之影響。

　　光緒二十七年（1901），羅振玉在上海創辦《教育世界雜誌》，請靜安爲主編。及北亂稍定，羅氏又助以川資，令其留學日本，入東京物理學校專修理科。自此即晝習英文，夜則專攻數理。留東京四五月，既苦幾何學之難解，又病腳氣，因此接受羅氏之勸，於次年（1902）夏束裝返國。這時羅氏擔任南洋公學東文學堂監督，靜安遂爲該校的執事。公餘之暇更從藤田豐八習英文，兼爲羅氏編譯《農學報》，及《教育世界雜誌》，撰述日增。

　　光緒二十九年（1903），因羅氏之薦，任教於通州師範學堂，主講哲學、心理學、倫理學。靜安體素羸弱，性復憂鬱，對人生的問題，口往復於心中，自是始決從事哲學之研究。〔註2〕

　　次年（1904）爰引叔本華意志哲學說，撰〈紅樓夢訐論〉一文，稱《紅樓夢》一書乃「悲劇中之悲劇」。這在中國文學批評史上，不僅是一探隱抉微、石破天驚的論理，而靜安又從哲學、美學、倫理學，以至心理學觀點考索書中的理想，人生的究竟；又從美學觀點欣賞《紅樓夢》的藝術價值，使得邇後讀此鉅著者，都能體認其在純文學上所具有的眞確價值。並進而爲以後的文學革命運動建立新觀念，尤爲開風氣之先。所以靜安在文學史上，不僅是以西洋文論批評傳統文學的第一人，同時也正如吳文祺所稱爲「文學革命的先驅」，〔註3〕吳氏此

〔註2〕　《全集》第五冊，《靜安文集續編》〈自序〉，頁1825。
〔註3〕　吳文祺，〈文學革命的先驅者王靜安先生〉。收錄於《人間詞話研究彙編》，頁355。

語決非誇大其辭。

　　光緒三十一年（1905）八月，靜安彙集近數年刊於《教育世界雜誌》之文，以及詩作合併刊行，署名《靜安文集》。其闡發叔氏學說旨趣，以及對於文學的卓見，並見於是。十月，羅氏以丁憂歸鄉，靜安亦辭職返里，至是在家閒居達半年之久。既云「疲於哲學有日矣」，〔註4〕益推論哲學上之說，大都「可愛者不可信；可信者不可愛」，〔註5〕漸移其興趣於文學，欲於文學中求直接之慰藉。〔註6〕靜安於詞，獨闢意境，追慕南唐五代遺風，深惡近代詞人堆砌纖小之習。二年中，陸續刊行《人間詞》甲、乙稿，並託名樊志厚而實自為序云：「不屑屑於言詞之末，而名句間出，殆往往度越前人。至其言近而指遠，意決而辭婉，自永叔以後殆未有工如君者也」〔註7〕又于〈自序〉一篇中，自言「欲為哲學家，則感情苦多而知力苦寡；欲為詩人，則又苦感情寡而理性多」，〔註8〕因而徘徊於文學、哲學二途，莫能自決。最後，終因填詞的成功，而復有志於戲曲。

　　光緒三十二年（1906）七月，父乃譽歿世。次年六月，夫人莫氏病卒；十二月，繼母葉太夫人又告病卒。二年間，頻遭大故，靜安內心之悲慟，可得而知。是以，此時所填詞作益發蒼涼激越。〔註9〕其時幼子尚待餔育，舉族咸勸靜安續弦以支門戶，因而繼娶同邑潘祖彝茂才女為妻。

　　光緒三十三年（1907），靜安隨羅氏入京，任學部總務司行走，歷充圖書館編修，名詞館協修，京師大學堂農科教習，迄於辛亥。此四年間仍專治詞曲，著有《人間詞話》、《清真先生遺事》、《曲錄》、《戲曲考源》、《優語錄》、《曲調源流表》諸作，並為世所推重。而

---

〔註4〕　《全集》第五冊，《靜安文集續編》〈自序二〉，頁1827。
〔註5〕　同上註。
〔註6〕　同註4。
〔註7〕　《全集》第四冊，〈人間詞甲稿序〉，頁1505。
〔註8〕　同註4，頁1828。
〔註9〕　見趙萬里，《王靜安先生年譜》，頁10。

《宋元戲曲史》亦屬稿於此時。靜安治詞曲，獨標境界、自然二義，立說極透澈精微，並確認通俗文學的價值，爲後世有志研究戲曲者開闢遠景。

民國以後（1911），羅氏避地東渡，靜安亦携眷相從，寓居日本京都。羅氏痛清氏之淪亡，尤其嫉視西洋學說，因而以保存舊文化之責自任，力勸靜安專治國學。靜安悚於羅氏之誠，〔註10〕轉而專意於經史，先治三禮，次及諸經，日讀注疏盡數卷，又旁治古文字聲韻之學。居東凡五年，靜安畢生唯此時治學最勤，學力日進，所作亦皆煥然可觀。

靜安歸國後復居上海，爲英人哈同編輯《廣倉學宭學術叢編雜誌》，凡兩年。嗣任倉聖明智大學教授，並遍觀烏程蔣汝藻藏書，爲編《密韻樓藏書志》。緣於此，靜安所見益博，所習益廣，著述口益豐盛。民國十年（1921），取前所刊論文，刪繁挹萃，益以未刊諸作，編爲《觀堂集林》二十卷。

民國十二年（1923），蒙古升允薦入清宮，任職南書房行走。越歲，清遜帝溥儀賜其在紫禁城騎馬，命檢昭陽殿書籍，並監定內府所藏古彝器。不久，羅振玉亦奉詔入值南齋。既而遜帝遜荒天津，靜安乃受聘爲清華研究院教授，講授《古史新證》、《尙書》、《儀禮》、《說文解字》四門，極得學生敬重。執教二年內，受沈曾植之薰染極深，治學興趣因又一變，專治西北地理及元代掌故。本諸「求精確不求廣闊，求專門不求閎通」〔註11〕的治學標準，從事更縝密精賅的考證工作，創獲良多。

民國十六年（1927）六月二日，靜安阨於時世之窮變，自沉於頤

---

〔註10〕　羅振玉，《海寧王忠愨公傳》：「予乃勸專研國學，……舍反經信古末由也。」見《全集》第十六冊，頁 702。蓋靜安走上經史考據之路，大半由於讀書的環境造成，而新的史料不斷發現，給經史考據學鋪下平坦的道路。蠡舟，〈王靜安先生之考證學〉說之甚詳，見《學衡》六十四期。

〔註11〕　吳其昌，〈王觀堂先生學述〉，《全集》第十六冊，頁 7279。

和園之昆明湖，於衣帶得其遺墨：「五十之年，只欠一死，經此世變，義無再辱」云云。海內外人士，無論識與不識，咸哀憫而痛惜之。

綜觀靜安一生，性質樸少華，寡言笑，不事交游。爲學數變，由治哲學而詞曲，由詞曲而考證學，既能通有清考據訓詁之學而綜合之，兼具有晚近科學的研究眼光，其才具宏大，識力精銳，立言有據，故所治幾盡鑿空之業。不意其於五十之年遽爾自沉，誠爲學術界之一大不幸。昔沈曾植歿世，靜安嘗悼以輓聯云：

是大詩人，是大學人，是更大哲人，四昭烱心光，豈謂微言絕今日。

爲家孝子，爲國純臣，爲世界先覺，一哀感知己，要爲天下哭先生。〔註12〕

若以此論贊靜安生平，洵爲紀實之語，決非溢美之詞。

## 第二節　個人性格

### 一、悲觀悒鬱的天性

靜安一生，性情悒鬱而善感，孤介而訥言，耽於思索而敏銳多疑。靜安如此性格，雖然泰半出於本身主觀的氣質，但實際上受叔本華哲學的影響頗深。繆鉞曾經指出二者之間的關係說：

王靜安對於西洋哲學，並無深刻而有系統之研究，其喜叔本華之說而受其影響，乃自然之巧合，申言之，王靜安之才性與叔本華蓋多相近之點，在未讀叔本華書之前，其所思所感，或已有冥符者，惟未能如叔氏所言之精邃詳密，及讀叔氏說，必喜其先獲我心。〔註13〕

靜安本性既與叔本華有靈通之處，故叔本華天才論中的天才憂鬱說，殆可說明靜安的天性。其說云：

天才所以伴隨憂鬱的原因，就一般來觀察，那是因爲智慧

〔註12〕見趙萬里編，《年譜》，頁43。
〔註13〕繆鉞，《詩詞散論》，〈王靜安與叔本華〉，頁68。

之燈愈明亮，愈能看透「生存意志」的原形，那時才瞭解
我們竟是這一付可憐相，而興起悲哀之念。〔註14〕

依叔本華之言，靜安在他高度的智慧中，對人生別有一番理解，在他
敏銳的想像中，另有一種境界，迥非世俗的榮祿富貴所能滿足。因而
他對複雜多變的人生，常抱持一種無可奈何的抑鬱情懷。又因洞澈人
類生存意志的原形，遂不免對現實生活，徘徊於「去之」既有所不忍，
「就之」又有所不能的矛盾痛苦中。於是，慨然發而爲詩詞，感自己
之感，言自己之言，〔註15〕藉以抒展心中的鬱悶。因此，由詩詞中頗
可見出他的本性，如詠〈蠶〉一詩，詩云：

> 余家浙水濱，栽桑徑百里。年年三四月，春蠶盈筐筥。
> 蠕蠕食復息，蠢蠢眠又起。口腹雖累人，操作終自己。
> 絲盡口卒屠，織就鴛鴦被。一朝毛羽成，委之如敝屣。
> 岂岂索其偶，如馬遭鞭箠。呴濡視遺卵，怡然即泥滓。
> 明年二三月，儦儦長孫子。茫茫千萬載，輾轉周復始。
> 嗟汝竟何爲，草草閱生死。豈伊悦此生，抑由天所畀。
> 畀者固不仁，悦者長已矣。勸君歌少息，人生亦如此。

以蠶的一生借喻充滿飲食男女之欲的人生，具體而深刻，足可洞見
靜安的人生觀——極深之悲觀主義。〔註16〕以爲「天地不仁，以萬
物爲芻狗」（老子《道德經》），人生累於生活的欲望，只有痛苦。在
生活的重擔與日俱增之下，靜安於吟咏之際，不免平添幾許蕭瑟悲
涼之調：

> 一日戰百慮，茲事與生俱。膏明蘭自燒，古語良非虛。（〈偶
> 成〉）

> 江上癡雲猶易散，胸中妄念苦難除。何當直上千峰頂，看
> 取金波湧太虛。（〈五月十五夜坐雨賦此〉）

生活的苦痛既源於人的欲望，而人的欲望復受制於意志，抵抗生之

---

〔註14〕陳曉南譯，《叔本華論文集》，頁124。
〔註15〕《全集》第五冊，〈文學小言第十則〉，頁1844。
〔註16〕同註13，頁73。

欲，唯有滅絕意志以求解脫。當此之際，人的理智與意志遂起而往復
搏鬥：

> 中夜搏嗜欲，甲裳朱且殷。凱歌唱明發，筋力亦云殫。蟬
> 蛻人間世，兀然入泥洹。此語聞自昔，踐之良獨難。厥途
> 果奚從？吾欲問瞿曇。（〈偶成〉）

> 辛苦錢塘江上水，日日西流，日日東趨海。（〈蝶戀花〉）

短短數語，託意深遠，正象徵其內心矛盾衝突的苦悶，讀之令人低迴
不已。四時有代序，萬物有榮枯，而悠悠人世惟有悒鬱以終。靜安吟
歎：

> 掩卷平生有百端，飽經憂患轉冥頑。（〈浣谿沙〉）

> 歡場祇自增蕭瑟，人海何由慰寂寥。不有言愁詩句在，閒
> 愁那得暫時消？（〈拼飛〉）

> 人間孤憤最難平，消得幾回潮落又潮生。（〈虞美人〉）

　　靜安素性悲觀，人生問題且不斷衝擊於胸中，益以叔本華悲觀哲
學的影響，所以詩詞中不免憂思幽咽，寓情寓感，充滿濃厚的厭世思
想，凡此皆深刻地表露出他內心縈獨恓惶之苦。

## 二、沈潛眞純的個性

　　靜安性恬靜，為人悅和，與朋友論交，初時甚落落，時日漸增，
才愈見其眞醇之性，未嘗見其臧否人物，臨財不苟得，故亦不可干以
非義，純任天性使然。〔註17〕靜安曾在哈同園任教，與費行簡過從甚
密，課餘之暇，輒以質證藝文，劇談為樂。費行簡曾贊之曰「躬行貞
潔，踐履篤實」，〔註18〕並形容他「平日訥訥若不能言，而心所不以
為是者，欲求其一領頷許可而不可得，聞人浮言飾說，雖未嘗與諍辯，
而翩然遂行，不欲自污聽也。其在哈同園，浙督軍皖人某欲求一見，
始終以異語謝之。其介如此，尤嚴於取與，世之名士學者，好以其重

---

〔註17〕張爾田，〈嗚呼亡友死不瞑目矣〉，日本《文字同盟》第四號，頁 20。
〔註18〕費行簡，《觀堂先生別傳》，《全集》第十六冊，頁 7027。

名獵人財貨，而實不爲人治一事，君獨深恥之。束脩所入，置書籍外，亦時以資恤故舊之困乏者，然不欲人知也」〔註19〕將靜安沈潛歛抑、忠厚篤實的個性，隱然托出。這種自然眞實的胸襟，安貧樂道的行誼，可以說深受陶淵明超然淡泊的思想所影響。靜安在衡量文學作品的內容時，自有一套倫理學上的價值標準，尤其重視崇高的人格表現。其於〈文學小言第二則〉云：

> 三代以下之詩人無過於屈子、淵明、子美、子瞻者，此四子者，苟無文學之天才，其人格亦自足千古。故無高尚偉大之人格，而有高尚偉大之文學者，殆未之有也。〔註20〕

除屈原外，靜安最推崇陶淵明。〈文學小言第十一則〉云：

> 屈子之後，文學上之雄者，淵明其尤也。〔註21〕

是以，靜安不僅在個性上試圖追慕陶公，詩風亦頗近似之。如〈端居〉一詩云：

> 孟夏天氣柔，艸木日夕長。遠山入吾廬，顧影白駒蕩。晴川帶芳甸，十里平如掌。時與二三子，披艸越林莽。清曠淡人慮，幽蒨遺世網。歸來倚小閣，坐待新月上。漁火散微星，暮鐘發疎響。高談達夜分，往往入遐想。詠此聊自娛，亦以示吾黨。

由詩中可想見其襟懷之冲淡，彷彿陶公面貌，表現出謙遜自得的學者風範。

關于這點，殷南作〈我所知道的王靜安先生〉一文，更可使我們進一步了解靜安沈潛眞純的個性。殷南如是記述：

> 他（指靜安）平生的交游很少，而且沈默寡言，見不甚相熟的朋友，是不願意多說話的，所以有許多的人都以爲他是個孤僻冷酷的人。但是其實不然，他對於熟人很愛談天，不但是談學問，尤其愛談國內外的時事。他對於質疑問難

〔註19〕同註18。
〔註20〕《全集》第五冊，頁1843。
〔註21〕《全集》第五冊，頁1845。

的人是知無不言，言無不盡。偶爾遇到辯難的時候，他也不堅持他的主觀的見解，有時候也可拋棄他的主張，眞不失眞正學者的態度。〔註22〕

正由於這種稟性，後來靜安雖遭受喪子之痛而與羅振玉失歡，時人皆臆測紛紛，其自身却未曾輕置一詞。故凡與之接觸或受教之人，莫不感受他那耿介踏實、一絲不苟的氣格，純然是一位「超然的學者」〔註23〕的儀型。

## 三、執著堅貞的操守

爲學術而學術，棄名利如敝屣，是靜安終生所執著的唯一理想。他嘗自敍：

余平生惟與書冊爲伍，故最愛而最難捨去者，亦惟此耳。〔註24〕

由此可知，書籍對靜安的重大意義。而靜安研究學術，乃是欲藉埋首於學術的研究以求得一己的慰安，〔註25〕寄之以理想的追求，而超然於功利政治之外。

靜安既執著於這種敻絕的學術理想，並心存著爰引新學整治舊學，以恢復固有的傳統文化爲己任。所以每治一業，恆以極忠實、極敬愼的態度處理，有絲毫不自信，則不以著諸竹帛；有一語爲前人所嘗道者，輒棄之懼蹈剿襲之嫌，以自點污。所以治任何專門之業，未嘗不深造而致其極。〔註26〕終其一生，以學術爲興味，優游涵泳於其中，未嘗或改其志。

靜安晚年任教清華園，更是充分表露出操持自守的學者風範。

〔註22〕《全集》第十六冊，頁7165。
〔註23〕顧頡剛，〈悼王靜安先生〉，《全集》第十六冊，頁7129。
〔註24〕引自趙萬里，〈王靜安先生手校手批書目跋文〉，《全集》第十六冊，頁7264。
〔註25〕《全集》第五冊，〈論近年之學術界〉：「無論其出於本國，或出於外國，其償我知識上之要求，而慰我懷疑之苦痛者則一也。」頁1741。
〔註26〕梁啓超，〈王靜安先生紀念專號序〉，《全集》第十六冊，頁7126。

其講學不輕疑古，亦不墨守自封。其信古，不僅抉其理之所應，必尋其真偽所自出；其創新，不僅羅其證之所應有，必通其類例之所在。〔註27〕因此殊不愜意於那些競言西化，而忽視我國固有的傳統美德的論說。他曾評論康有為、譚嗣同等人之著述，於學術非有固有之興味，不過以之為政治上之手段。〔註28〕靜安秉持這種執著自持的治學精神，孜孜於學術研究，卒能卓然自樹於晚清學界。

其次，靜安在〈屈子文學之精神〉一文中，曾經贊美汨羅自沈的屈原說：

> 屈子自贊曰「廉貞」，余謂屈子之性格，此二字盡之矣。
> 〔註29〕

屈原這種「余心之所善兮，雖九死其猶未悔」（《離騷》）的堅貞操守，正是靜安所嚮慕而深加推崇的品節。雖然，後來靜安亦效屈子自沈於頤和園之昆明湖，時人多議其為清室殉節，而有以致之。然觀以靜安秉性之執著堅貞，與清遜帝既有君臣之名，又有師生之誼，對清室自不免存有一種眷戀緬懷，甚且哀憫傷亂之情。其有述哀時之感詩云：

> 談深相與話興衰，回首神州劇可哀！漢士由來貴忠節，至今文謝安在哉？履霜堅冰所由漸，麋鹿早上姑蘇臺。興亡原非一姓事，可憐悚悚京與垓。（〈送狩野博士遊歐洲〉）

因此，如就性格上解釋靜安之所以眷懷清室，實僅止於執著其個人堅貞的操守，其所信守的傳統文化，並不因此就表示他的政治主張。〔註30〕靜安秉志高潔，又不諧濁俗，以當時複雜激變的政治情勢觀之，設若違心苟活，不如一死明志，以成就其完美堅貞的操守。正如梁啟超悼以輓聯云：

> 一死明行己有恥之義，莫將凡情恩怨，猜擬鵷鶵。〔註31〕

---

〔註27〕王國華，〈王靜安先生遺書序〉，《全集》第一冊，頁9。
〔註28〕同註25，頁1736～1737。
〔註29〕《全集》第五冊，頁1853。
〔註30〕戴家祥，〈讀陸懋德個人對於王靜安先生之感想〉，日本《文字同盟》第四號，頁32。
〔註31〕《全集》第十六冊，頁7144。

## 第三節　治學的精神與方法

　　靜安之學，博大精深，猶若無涯岸之可望，轍跡之可尋，凡所經心，莫不識解超夐，粲然可觀。靜安治學縝密謹嚴，奄有清二百餘年文字、聲韻、訓詁、目錄、校勘、金石、輿地之長而變化恢宏之。〔註32〕其所見新出土史料最多，能師乾嘉諸儒之所長而從事考證學；又精英日德諸國文字，善用演繹、歸納、比較法以融通中西學理，因而每樹一義、考一事，莫不精賅明晰，若非具備特異的才性，縝密的思力，必無以致之。

　　考靜安治學的方法，可以說於並世諸家之中獨具一特長，即「歷史眼光之銳敏」。〔註33〕素癡於〈王靜安先生與晚清學界〉一文中說明甚詳：

> 其治一學，必先核算過去之成就，以明現在所處之地位，而定將來之途徑。其作詞也，則先有其詞學史觀散見《人間詞話》中。其欲創作戲曲也先生實嘗有志於此，見其自序中，則先成《宋元戲曲史》。後此治古器物文字，治遼金元史，莫不如是。
>
> 〔註34〕

　　靜安對於歷史，確實有一種綜覽古今，觀其成敗，以求鑒往而知來的眼光。他曾闡述史學的意義與價值說：

> 欲求知識之真與道理之是者，不可不知事物道理之所以存在之由，與其變遷之故，此史學之所有事也。

又說：

> 自史學上觀之，則不獨事理之真與是者足資研究而已。即今日所視爲不真之學說，不是之制度風俗，必有所以成立之由，與其所以適於一時之故。其因存於邃古，而其果及於方來，故材料之足資參考者，雖至纖悉而不敢棄焉。〔註35〕

---

〔註32〕朱芳圃，〈述先師王靜安先生治學之方法及國學上之貢獻〉，《東方雜誌》二十四卷十九號。

〔註33〕見《學衡》第六十四期。

〔註34〕同上註。

〔註35〕《全集》第四冊，《觀堂別集》卷四〈國學叢刊序〉，頁14。

靜安以這種特具優良的歷史眼光，審查各種經史考據詞曲之學，自是別具創見。同時，也樹立其一己的治學標準：求精確不求廣闊；求專門不求闊通。寧失之偏狹，不寧失之宏大；寧失之瑣屑，不寧失之籠統。〔註36〕秉持此一標準，靜安在學術上的貢獻頗多，確乎能見人之所未見，言人之所不敢言。

其次，張爾田亦云：

> 彼嘗有一名言，治古文字，不可解之字不可強解，讀書多，
> 見聞富，久之自然觸發，其終不可通者，則置之可也。〔註37〕

由此，具見靜安「知之為知之，不知為不知」的治學精神。是以其不僅服膺孔子闕疑之義，小正符合現代治學的科學精神。由是而知，靜安於考據之學，不僅能以精審勝，並且為前賢所難及者，其故即緣於此。

陳寅恪嘗舉三目，以見靜安治學內容與治學方法之梗概。此三目足：

一曰取地下之實物與紙上之遺文，互相釋證。凡屬於考古學及上古史之作，如殷卜辭中所見先公先王考及鬼方昆吾玁狁考等是也。

二曰取異族之故書與吾國之舊籍，互相補正。凡屬於遼金元史事及邊疆地理之作，如蒙古考及元朝祕史中之主因亦兒堅考等是也。

三曰取外來之觀念與固有之材料，互相參證。凡屬於文藝批評及小說戲曲之作，如《紅樓夢評論》及《宋元戲曲考》等是也。

陳氏論說扼要切當，不僅能賅括靜安治學的方法，並且確認靜安於近代學術界的地位與價值，足以轉移一時之風尚，而示來者以軌則。〔註38〕

此外，徐中舒在〈靜安先生與古文字學〉一文中，曾經稱美靜安治學之態度與方法云：

---

〔註36〕同註11。
〔註37〕張爾田，〈與黃晦聞書〉，《學衡》第六十四期。
〔註38〕陳寅恪，〈王靜安先生遺書序〉，引見《全集》第一冊，頁2。

先生做學問的精神，總是窮搜冥討，自覺塗逕。從來不肯
鈔襲前人所說過的一言半語。……凡立一說，必本於新材
料與舊材料完備齊全之後，然後再加以大膽的假設，深邃
的觀察，精密的分析，卓越的綜合，務使所得的結論與新
材料、舊材料恰得一個根本的調和。這種實證的方法，忠
實的態度，只有在先生著述裡可以看到。〔註39〕

斯固確論。事實上，學問的新、舊決不在材料上，而在方法上、思想
上。靜安之所以從事各種學術研究均能成其大，而邁越前賢，要在其
具備銳敏的歷史眼光、闕疑的精神、以及科學的實證方法。

總之，靜安生平治學的態度，十分客觀而公正，謙遜而忠實，不
鄙棄古人，也不菲薄今人，對于同時學者亦能虛心請益，盡量吸取前
人之所長，裨補自己之所短，凡事實事求是，但在學問上努力求精進。
抱持這種治學精神，自然能貫通精博，卒成名家。

## 第四節　學養及著述

靜安一生寢饋於書叢文字間，專力學術的研究。他嘗自道：「余
畢生唯與書冊為伴，故最愛而最難捨去者，亦唯此耳」。〔註40〕無論
治文學、古文字學、古器物學、史學與古地理學，都能精詣博通，從
弘大處立腳，而從精微處著力；具有科學的天才，而以極正之學者的
道德貫注而運用之。〔註41〕究其因，要在於靜安治學的興趣極廣泛，
研究學問常常循環更替。他曾自言：

研究一樣東西，等到感覺沈悶的時候，就應該暫時擱開，
作別樣的工作，等到過一些時，再拿起來去作，那時就可
以得到一種新見解、新發明。否則單調的往一條路上走去，
就會鑽進牛角尖裡去，永遠鑽不出來的。〔註42〕

---

〔註39〕《全集》第十六冊，頁7310。
〔註40〕同註24。
〔註41〕同註26，頁7125。
〔註42〕引見殷南，〈我所知道的王靜安先生〉，《全集》第十六冊，頁7167。

由這段自述可知，靜安思想靈敏，不受束縛，所思精密，所見廣博，
於各方面皆能觸類貫通。每治一業，必先旁搜羅證，以其特具的歷史
眼光考量之，間有心得，則識於筆端，立爲新說，因而成就殊異。所
以，治學興趣廣泛是促使他學風轉變的主觀因素。至於客觀因素有二：

　　一是環境的憑藉。近人王德毅認爲靜安一生學問的成就，與羅振
玉的提拔，及主編定期刊物和圖書金石拓片的整理編目等三事息息相
關；〔註43〕換言之，靜安由於眼見而心習之廣，詩詞戲曲無不窮究，
又憑藉環境之便利，因得潛心研治古器物、古文字學，所造益深且醇，
撰述至爲豐厚。此外，自清末以來，地下的考古資料不斷出土，靜安
有幸識得此中瑰寶，漸漸引發興趣而走上考古途徑，間接促成其學風
的轉變。因此，靜安在學術上所以創獲良多，樹義弘深，雖然由於其
才識過人，而環境憑藉之彌厚，尤爲致其成功的首要客觀因素。

　　二是師友的影響。靜安自日本返國後寓居上海凡七年，當時卜居
上海的學人有沈曾植、繆荃蓀、柯劭忞、楊鍾羲·張爾田、孫德謙、
朱祖謀等，都與靜安有交游論學之誼，而於靜安在學術的成就和貢獻
上，尤有直接或間接的影響力。其中尤以繆荃蓀、沈曾植及柯劭忞三
人影響最大，亦最受靜安所敬重。繆氏精於目錄學；柯氏長於元史，
又工詩詞；沈氏擅於經史及西北史地。凡此諸人之所精擅，大都爲靜
安所深嗜篤好，而與靜安所研治的內容關係密切。故基於此一因緣，
靜安得以與之相結識，並且因問學請益之便而過從甚密，靜安之學亦
由此而日益精進，臻於有成。

　　以靜安之治學歷程觀之，其學可以一語概括，即「由博反約」。
所謂由博反約者，乃以博通爲治學宗旨，而以專精爲治學目的。靜安
治學由哲學、文學，以入於小學，又由小學而專研史地，由博而反約，
遂匯其歸爲經史之學。

　　綜合靜安爲學次第，概分爲五期：

---

〔註43〕 詳見王德毅，《王觀堂先生年譜》，頁 403。

　　二十二歲以前，居海寧本籍，治舉子業，兼治駢散文，是爲第一期。是時靜安好讀史漢三國，與陳守謙等人過從密切，聚則論議文史，或校勘疑誤，鑒別異同，間爲詞章彼此欣賞。〔註44〕所不喜的，是十三經注疏和科舉時文。

　　二十二歲以後旅居上海，醉心於西洋哲學的研究，爲第二期。靜安之治哲學，未嘗溺於新學而廢棄舊聞，而是擷取西洋學理之長以會通舊學，〔註45〕故人多推其善用西洋科學方法整理國故。其雖率先闡述叔本華與尼采學說引介於國人，又能批評叔氏遺傳說的謬誤，並申述尼采與叔氏思想的異同。復能評論我國哲學，著有〈論性〉、〈釋理〉、及〈國朝漢學派戴阮二家哲學說〉等文，凡此皆有精闢的見解。

　　三十歲以後，疲於哲學而轉治文學，致力於詞曲的研究，是爲第三期。所作《人間詞話》，尊五代北宋詞，重自然而薄彫琢，標舉「境界」以爲評詞準則，識見獨特，自成一家之言。而後治元曲，實能絕去依傍，自立門戶，其稱元雜劇「能道人情，狀物態，詞采俊拔，全出乎自然」，〔註46〕爲中國最自然的文學，堪稱近世研究戲曲文學之不祧祖。

　　三十六歲以後，隨羅氏避亂東京，專治經史小學，是爲第四期。靜安考證古史學，皆植基於小學之上，因此靜安在國故學方面最爲人稱道的成就，即是以古器物、古文字證古史，成爲靜安於古史研究上的鑿空之業。〔註47〕

　　四十五歲以後，治西北地理、元代掌故尤勤，此爲第五期。靜安

〔註44〕 同註1，頁7117。
〔註45〕 《全集》第五冊，《靜安文集》〈奏定經學科大學文學科大學章程書後〉言：「夫尊孔、孟之道，莫若發明光大之；而發明光大之道，又莫若兼究外國之學說。」頁1857。
〔註46〕 《全集》第十四冊，《宋元戲曲考·自序》，頁5975。
〔註47〕 引見蔣英豪，〈王國維文學及文學批評〉，頁13。原文出自張舜徽，〈考古學者王國維在研究工作中所具備的條件、方法與態度〉，收錄於《中國史論文集》，頁173。

治西北地理與蒙古史，既以地下材料印證史書，而於地理人物的考釋，又特重於音的比對，不祇依據音理以爲準則，更從地域的方位及史實的先後詳爲比勘，治學態度之謹嚴，可見一斑。

　　靜安平生績學勤敏，著述廣博，於此僅據王德毅〈王觀堂先生著述考〉爰予鈔錄，分繫之於後。至言其詳，則可參見《王譜》，不另贅述。

## （一）文　學

　　《靜安文集》一卷、《詩稿》一卷、《文集續編》一卷

　　《茗華詞》一卷

　　《清眞先生遺事》一卷

　　《人間詞話》一卷、《刪稿》一卷

　　《新編錄鬼簿校注》二卷

　　《宋元戲曲考》一卷

　　《曲錄》六卷

　　《唐宋大曲考》一卷

　　《戲曲考源》一曲

　　《古劇腳色考》一卷

　　《優語錄》一卷

　　《錄曲餘談》一卷

　　《唐五代二十一家詞輯》二十卷

　　《後村別調補遺》一卷

　　《曲調源流表》一卷

## （二）金石學

　　《觀堂集林》二十四卷

　　《觀堂別集》四卷、《補遺》一卷

　　《庚辛之間讀書記》一卷

　　《兩周金石文韻讀》一卷

《觀堂古今文考釋》五卷

《釋幣》二卷

《簡牘檢署考》一卷

《魏石經殘石考》一卷、《附錄》一卷

《爾雅草木蟲魚鳥獸釋例》一卷

《漢魏博士題名考》二卷

《殷禮徵文》一卷

《宋代金文著錄表》一卷

《國朝金文著錄表》六卷

《五代兩宋監本考》三卷

《兩浙古刊本考》二卷

## （三）史學

《古史新證》一卷

《耶律文正公年譜》一卷、《餘錄》一卷

《乾隆浙江通志考異》四卷

《蒙韃備錄箋證》一卷

《黑韃事略箋證》一卷

《聖武親征錄校注》一卷

《長春眞人西遊記校注》二卷

《古本竹書紀年輯校》一卷

《今本竹書紀年疏證》二卷

《古行記四種校錄》一卷

## （四）文字學

《史籀篇疏證》一卷、《敘錄》一卷

《校松江本急就篇》一卷

《重輯蒼頡篇》二卷

《唐寫本唐韻殘卷校記》二卷、《唐韻佚文》一卷

《聯綿字譜》三卷

《補高郵王氏說文諧聲譜》一卷

## （五）譯　書

《觀堂譯稿》五卷

《心理學概論》

《法學通論》

《辯學》

此外，尚有批校書目近二百種，文繁不暇備載。

# 第二章　靜安先生的思想

## 第一節　哲學思想

　　晚清時代政治紛亂乘之於外，人心思變蘊積於內，學術界正處於一種停滯狀態，[註1] 亟待外力的衝擊予以復甦。當時，康、梁、嚴、譚諸公懷抱經邦濟世的熱誠，紹述西洋哲學，以遂其政治上的目的，[註2] 結果未蒙其利，先受其害。潮流所趨，靜安以其精識銳見力陳時弊，並提出破中外之見，宜「視學術爲目的而不視爲手段而後可」。[註3] 因此，靜安決意學習英、日語文，以之爲津梁，接受歐人深邃偉大的思想，首先將德國意志哲學引介於國人。雖然，靜安自承缺乏成爲大哲學家的才能，[註4] 但由於歐西哲理的訓練與薰發，使他在治美學、文學上，均能多所創發，見解新穎。是以觀瀾索源、振葉尋根，欲知靜安之文學觀、美學觀，不可不先識其哲學思想。

---

〔註1〕　《全集》第五冊，〈論近年之學術界〉云：「自宋以後，以至本朝思想之停滯，略同於兩漢。」，頁1735。
〔註2〕　同上註，頁1736～1937。
〔註3〕　同註1，頁1738。
〔註4〕　《全集》第五冊，〈自序二〉云：「以余之力加之以學問以研究哲學史，或可操成功之卷，然爲哲學家則不能。」頁1828。

　　靜安早年沈潛於文哲之研究，衷心蘄嚮所至乃是深湛之思、創造之力，一旦集於吾躬，〔註5〕以解答人生的困惑，〔註6〕因而有志於哲學研究。靜安文集〈自序〉云：

余之研究哲學始於辛壬之間，癸卯春始讀汗德之純理批判，苦其不可解，讀幾半而輟。嗣讀叔本華之書而大好之，自癸卯之夏，以至甲辰之冬，皆與叔本華之書爲伴侶之時代也。其所尤慊心者，則在叔本華之知識論，汗德之說得因之以上窺。然於其人生哲學觀，其觀察之精銳，與議論之犀利，亦未嘗不心怡神釋也。〔註7〕

　　靜安初治哲學，先從翻爾彭之社會學、及文的名學、海甫定的心理學、巴爾善的哲學概論及文特爾彭的哲學史入門。嗣後始讀康德之純理批評，至先天分析論，苦其全不可解，於是輟而讀叔本華意志與表象的世界一書，至表嘆服，此後二年，寢饋於叔氏書中，對叔氏之知識論、人生哲學觀及其觀察之精銳、與議論之犀利，尤其激賞。而叔氏哲學影響靜安思想最深切的，則是「生活之欲」。

　　叔本華以爲，世界萬物及人類的本質，厥爲生之意志。此意志是完全盲目、無意識的，不受一切理性或智力的支配，只要意志存在，就是世界、生命。此意志既爲一切物存在之因，其表現於個人的意識中，就是生活之欲。生活之欲是不絕的需求、經常的匱乏和永無止盡的困窮。而個人的意志（欲望）是永不知足的，一欲既償，他欲繼起，如此衍生不息，永無盡期。因而叔本華曾說：

整個人生完全在欲望和滿足欲求之間。從本質上看，希望就是痛苦，希望的達到立刻帶來滿足之感：這個結局只是表面的，佔有使被佔有的東西失去引誘力，希望、需要以新的方式表現出來；若希望、需要不以新的方式表現出來，那麼，接著來的便是絕望、空虛、厭煩，對抗這些東西的

───────────────

〔註5〕　同註4，頁1830。
〔註6〕　《全集》第五冊，〈自序一〉，頁1825。
〔註7〕　《全集》第五冊，頁1547。案：汗德即康德。

　　爭鬥和對抗困乏的爭鬥，都是一種痛苦。〔註8〕
由此觀之，人是欲望的複合物，難以求全滿足，因爲意志所感滿足的
不僅是「部分」，並且要求「全體」，而「全體」是無限的。即使能求
得「全體」之滿足，滿足之後，厭倦之情隨之而起，又使人陷於空虛
之境。所以人生的遭際，除了痛苦，不外空虛。人類不斷受意志所驅
遣，往復於厭倦苦痛之中，無日或休。人類的可悲，即緣此而來。靜
安於此體認深刻，更進一步闡釋叔氏學說，云：

　　　　生活之本質何？欲而已矣。欲之爲性無厭，而其原生於不
　　　　足，不足之狀態，苦痛是也。既償一欲，則此欲以終，然
　　　　欲之被償者一，而不償者什佰，一欲既終，他欲隨之，故
　　　　究竟之慰藉，終不可得也。即使吾人之欲悉償，而更無所
　　　　欲之對象，倦厭之情即起而乘之，於是吾人自己之生活，
　　　　若負之而不勝其重。故人生者如鐘表之攌，實往復於苦痛
　　　　與倦厭之間者也。〔註9〕

由此，具見靜安持論與叔氏殊無二致，這正是他窮究「人生之問題口
往復於吾前」〔註10〕而深白所得的思想——極深之悲觀主義。〔註11〕

　　　叔氏之言雖未必盡得人生哲學的全部，然其觀察深刻敏銳，洞悉
人生實受意志的潛驅默遣，勞悴終生，終歸幻滅。老子云：「吾所以
有人患，在吾有身。及吾無身，吾有何患？」（《道德經》十三章）有
身即有形，有形即有意志，有意志即有欲，欲無限，而償還有限，於
是痛苦勢將與生俱來。感於此，靜安面對攘攘塵世，不得已而興嘆云：

　　　　一日戰百慮，茲事與生俱。（〈偶成〉）

一腔怨懟，盡入詩詞。觀乎靜安所作詩詞，時時透露這種悲觀厭世的
訊息。〈浣溪沙〉詞云：

　　　　山寺微茫背夕曛，鳥飛不到半山昏，上方孤磬定行雲。試

---

〔註8〕　叔本華著，劉大悲譯，《意志與表象的世界》，頁 279。
〔註9〕　《全集》第五冊，〈紅樓夢評論〉，頁 1630。
〔註10〕　同註6。
〔註11〕　繆鉞，《詩詞散論》〈王靜安與叔本華〉，頁 73。

上高峰窺皓月，偶開天眼覷紅塵，可憐身是眼中人。

此身既是眼中人，不免爲此塵網所牢籠，載浮載沈，競逐欲求的滿足，暫求「蠕蠕食復息，矗矗眼又起」（〈詠蠶〉），拘繫於生活之大欲中，難以自拔。縱使孤心亦思振翼超俗「蟬蛻人間世」（〈偶成〉），然而「天末同雲黯四垂，失行孤雁逆風飛，江湖寥落爾安歸？」（〈蝶戀花〉）四顧蕭然，人力薄弱，竟可奈何？「可憐心事太崢嶸」（〈鷓鴣天〉），祇有再度「強顏入世苦支離」（〈病中即事〉）。於是欲求與苦痛日日往復眼前，起落浮沈猶如「辛苦錢塘江上水，日日西流，日日東趨海」（〈蝶戀花〉），終不免於「草草閱死生」（〈詠蠶〉）。如此人世，悲不自勝，唯有滅絕意志以求解脫。

至於如何滅絕意志，以求得解脫之道，靜安曾如是說明：

> 解脫之中又自有二種之別：一存於觀他人之苦痛，一存於覺自己之苦痛。然前者之解脫，唯非常之人爲能，其高百倍於後者，而其難亦百倍，但由其成功觀之，則二者皆一也。通常之人，其解脫由於苦痛之閱歷，而不由於苦痛之知識，唯非常之人，由非常之知力而洞觀宇宙人生之本質，始知生活與苦痛之不能相離，由是求絕其生活之欲，而得解脫之道。
>
> 解脫之道，存於出世，而不存於自殺。出世者，拒絕一切生活之欲者。彼知生活之無所逃於苦痛，而求入於無生之域，當其終也，恆幹雖存，固已形如槁木，而心如死灰矣。〔註12〕

由是靜安喟嘆：「終古眾生無度日，世尊只合老塵囂。」（〈平生〉）類此拒絕一切生活之欲，而入於無生之欲的思想，正是叔本華所主張之「意志的寂滅」。〔註13〕由此可知，靜安的哲學思想深受叔本華哲學的影響，而叔氏思想固受東方佛學影響，靜安冥通二者取其長，由之

---

〔註12〕同註9，頁1641～1643。

〔註13〕《全集》第五冊，〈叔本華與尼采〉：「叔本華由銳利之直觀，與深邃之研究，而證吾人之本質爲意志，而其倫理學上之理想，則又在意志之寂滅。」頁1672。

獲致啓悟而後自省，終成爲其個人一己的思想與見解。

　　但靜安隨之又深切憬悟，「人生一大夢，未審覺何時」（〈來日〉），哲學並不能解決他心中對於人生困惑的疑問，因此在〈自序二〉中，很肯定地表明他從哲學轉向文學的心路歷程。他說：

　　　　余疲於哲學有日矣，哲學上之說，大都可愛者不可信，可
　　　　信者不可愛。余知眞理，余又愛其謬誤，……此近二三年
　　　　中最大之煩悶，而近日之嗜好所漸由哲學而移於文學，而
　　　　欲於其中求直接之慰藉者也。〔註14〕

## 第二節　美學觀

　　根據叔本華《意志與表象的世界》一書中指出，知識源於意志，而意志起於需求，需求來自匱乏，而匱乏就是一種痛苦，所以一切知識、意志均始於痛苦，「美」當然也不例外。「美」的觀照可以滿足人類心靈的需求，消除物、我之間的衝突，達到物我合一，以至忘我的境界，而暫時得到解脫。靜安既爲解答人生的困惑有志於研究哲學，而又以其性之所近獨鍾愛於叔本華哲學，因之乃受叔氏哲學中美學的影響，視藝術賞玩爲使人超脫於人生痛苦的一種解脫方法。其言曰：

　　　　美學之務，在描寫人生之苦痛與其解脫之道，而使吾儕馮
　　　　生之徒，於此桎梏之世界中，離此生活之欲之鬥爭，而得
　　　　其暫時之平和，此一切美術之目的也。〔註15〕

又於〈去毒篇〉一文中，論及文字、美術乃是人類感情上的一種慰藉。其言曰：

　　　　感情上之疾病非以感情治之不可，必使其閒暇之時，心有所
　　　　寄而後能得以自遣。夫人之心力不寄於此則寄於彼，不寄於
　　　　高尚之嗜好則卑劣之嗜好所不能免也。而雕刻、繪畫、音樂、

---

〔註14〕同註4，頁1827。
〔註15〕同註9，頁1644。

　　文學等，彼等果有解之之能力，則所以慰藉彼者，世固無以
　　過之。……而美術之慰藉中，尤以文學爲尤大。〔註16〕

文學美術對人類既有如此重大意義，是以靜安極力反對以文學美術作
爲政治道德的手段，而主張保持藝術的純粹性和獨立性。因爲，政治
激起人類對權力、物質、欲望的追逐，而文學藝術予人精神上的平和
滿足，當我們欣賞文藝時，暫時忘却自我，擺脫一切意志的束縛，獲
致心靈的慰藉。因此靜安懇切申述道：

　　若夫忘哲學美術之神聖，而以爲道德政治之手段者，正使
　　其著作無價值者也。願今後之哲學美術家毋忘其天職，而
　　失其獨立之位置則幸矣。〔註17〕

由是可知，靜安主張從事藝術活動時，應抱持「無所爲而爲」的精神。
當我們欣賞藝術時，心中滌除塵慮，忘却利害關係之衝盪，直接觀照
美之刹那，物我兩忘，美感經驗因之油然而生。是以，靜安詮釋「美」
的定義曰：

　　唯美之爲物，不與吾人之利害相關係，而吾人觀美時，亦
　　不知有一己之利害。〔註18〕

　　美之性質，一言以蔽之，曰可愛玩而不可利用者是已。雖
　　物之美者，有時亦足供吾人之利用，但人之視爲美時，決
　　不計及其可利用之點，其性質如是，故其價值亦存於美之
　　本身，而不存乎其外。〔註19〕

由此了然，所謂「美」乃是超然於利害關係之外，遠離生活之欲，直
觀「美」之本身，而使人達致物我相忘純粹知識的境界。〔註20〕

　　其次，靜安復受康德美學的影響，將美區分爲優美與壯美二種。
其云：

---

〔註16〕《全集》第五冊，頁1875。
〔註17〕《全集》第五冊，〈論哲學家與美術家之天職〉，頁1753。
〔註18〕《全集》第五冊，〈叔本華之哲學及其教育學說〉，頁1605。
〔註19〕《全集》第五冊，〈古雅之在美學上之價值〉，頁1831。
〔註20〕同註9，「美術之價值，存於使人離生活之欲而入於純粹之知識。」
　　　　頁1657。

美學上之區別美也，大率分爲二種，曰優美、曰宏壯。自巴克及汗德之書出，學者殆視此爲精密之分類矣。至古今學者對優美及宏壯之解釋，各由其哲學系統之差別而各不同。要而言之，則前者由一對象之形式不關於吾人之利害，遂使吾人忘利害之念，而以精神之全力沈浸於此對象之形式中，自然及藝術中普通之美，皆此類也。後者則由一對象之形式越乎吾人知力所能馭之範圍，或其形式大不利於吾人，而又覺其非人力所能抗，於是吾人保存自己之本能，遂超越乎利害觀念外，而達觀其對象之形式。如自然中之高山、大川、裂風、雷雨，藝術中偉大之宮室、悲慘之彫刻象、歷史畫、戲曲、小說等皆是也。此二者其可愛玩而不可利用也。〔註21〕

又於〈紅樓夢評論〉一文中，區別優美、壯美所激起的感情聯想云：

美之爲物有二種：一曰優美，一曰壯美。苟一物焉，與吾人無利害之關係，而吾人之觀之也，不觀其關係，而但觀其物，或吾人之心中無絲毫生活之欲存，而其觀物也，不視爲與我有關係之物，而但視爲外物，則今之所觀者，非昔之所觀者也。此時吾心寧靜之狀態，名之曰優美之情，而謂此物曰優美。若此物大不利於吾人，而吾人生活之意志爲之破裂，因之意志遁去，而知力得爲獨立之作用，以深觀其物，吾人謂此物曰壯美，而謂其感情曰壯美之情。普通之美皆屬前種，至於地獄變相之圖，決鬥垂死之像、廬江小吏之詩、雁門尚書之曲，其人固貾庶之所共憐，其遇難戾夫爲之流涕，詎有孑頯樂禍之心，寧無尼父反袂之戚，而吾人觀之不厭千復。格代之詩曰：「凡人生中足以使人悲者，於美術中則吾人樂而觀之。」此之謂也。此即所謂壯美之情，而其快樂存於使人忘物我之關係，則固與優美無以異也。〔註22〕

由是得知，美生於趣味的判斷，自由活潑，本於情感，不雜利害得失

---

〔註21〕　同註19，頁 1831～1832。
〔註22〕　同註9，頁 1633～1634。

之心，不立特定目的之意，而是一種純粹、獨立的自然現象。優美感人以恬靜和平之情，如大自然中的行雲流水鳥鳴花放，或藝術作品中美麗的圖畫、音樂、詩歌等存在於我們的經驗世界中。而壯美則使人震眩恐怖，如滇洄汪洋、海濤騰湧，感人以神祕迴盪之情，是以凡超越我們的知力或人力所能抗馭的範圍的，皆屬之。二者均能予人超乎利害關係之感，因此都可稱之為美。

　　至於古雅在美學上的位置，因為「吾人之玩其物也，無關於利用故，遂使吾人超出乎利害之範圍外，而恍恍於縹緲甯靜之域」，〔註23〕所以古雅亦可稱之為美，位居優美與壯美之間而兼有二者的性質。靜安曰：

> 優美之形式使人心和平，古雅之形式使人心休息，故亦可
> 謂之低度之優美。宏壯之形式常以不可抵抗之勢力喚起人
> 欽仰之情，古雅之形式則以不習於世俗之耳目，故而喚起
> 一種之驚訝，驚訝者欽仰之情之初步，故雖謂古雅為低度
> 之宏壯亦無不可也。故古雅之位置，可謂在優美與宏壯之
> 間，而兼有此二者之性質也。〔註24〕

　　雖然，古雅兼具優美、宏壯二者的性質，幾與二者成鼎足三分之勢，但是在鑑賞、創作上，三者仍有其基本上的差異。靜安指出：

> 古雅之性質既不存於自然，而其判斷亦但由於經驗，於是
> 藝術中古雅之部份不必盡俟天才，而亦得以力致之。苟其
> 人格誠高、學問誠博，則雖無藝術上之天才者，其製作亦
> 不失為古雅。而其觀藝術也，雖不能喻其優美及宏壯之部
> 分，猶能喻其古雅之部分。若夫優美及宏壯則非天才殆不
> 能捕攫之而表出之。〔註25〕

靜安以為一切藝術品，皆為天才的傑作。〔註26〕唯天才乃能強離物我

---

〔註23〕　同註 19，頁 1838。
〔註24〕　同上註。
〔註25〕　同註 19，頁 1836～1837。
〔註26〕　同註 19，「美術者，天才之製作也。此自汗德以來百餘年間，學者之定論也。」頁 1830～1831。

間的利害關係，創作文學美術，使觀賞者超然於利害關係之外，獲致心靈的慰藉。至於常人亦可與於創作，但是必須具備三項要件：一是高尚的人格，二是淵博的學問，三是藝術的涵養。如此，亦可創作藝術中古雅之美。

其次，靜安又從藝術的表現技巧，提出「形式」之美，進一步分析三者的性質。其言曰：

> 一切之美皆形式之美也。就美之自身言之，則一切優美皆存於形式之對稱、變化及調和。至宏壯之對象，汗德雖謂之無形式，然以此種無形式之形式，能喚起宏壯之情，故謂之形式之一種，無不可也。……而一切形式之美，又不可無他形式以表之，惟經過此第二之形式（案：指表現技巧），斯美者愈增其美，而吾人之所謂古雅，即此第二種之形式。即形式之無優美與宏壯之屬性者，亦因此第二形式故，而得一種獨立之價值。故古雅者，可謂之形式之美也。〔註27〕

綜上所述，藝術中優美、宏壯之部分，純然是天才所創製；至於其鑑賞力則是先天的、自然的。而古雅之部分，則需具備高尚的品德、淵博的學問，適切地表出之，斯得其美；至於其鑑賞力則憑藉後天經驗的修養，始可獲致。自美學價值觀之，古雅自不及於優美及宏壯；然自鑑賞或創作藝術而言，古雅較優美與宏壯更易激起人類普遍的情感，凡人皆可於藝術中古雅之部分得到直接的慰藉、滿足心靈的需求。儘管靜安區別美有優美、宏壯、古雅三種，其中並無絕對地價值優劣判斷，而皆為同一目的──超脫利害關係之外，描寫人生之苦痛與其解脫之道。

如純然就美學而論，靜安之美學觀實源自康德、叔本華之美學思想，絕少創見。可貴的是，靜安為中國的傳統欣賞方式，找出西方思想的理論根據，這一種論見，確實為中國文學批評史上一項嶄新的創舉。

---

〔註27〕同註19，頁1832。

## 第三節　文學觀

　　靜安有關文學觀的見解，散見《文學小言》、《人間詞甲稿序》、《人間詞乙稿序》、《唐五代二十一家詞輯跋》、《人間詞話》、及《清眞先生遺事》等文中，其中以《人間詞話》系統較分明，標擧「境界」說以爲評詞準則，爲其文學觀的精義所在。

　　自嚴滄浪揭示「興趣」說以降，論詩者步其後塵，每愛拈出二字以爲評騭準則。有清一代，此風尤熾，如沈歸愚之「格調」說、王漁洋之「神韵」說、袁子才之「性靈」說、翁覃溪之「肌理」說，雖然觀點各異，間或有融通之處，均儼然自成一家之言。至於靜安之標擧「境界」說，則是針對清代詞壇宗法南宋，重視錯采鏤金、雕琢藻繢之風氣下，特拈出「境界」說予以廓清，〔註28〕於傳統文學批評上頗有出藍之勝。

　　《人間詞話》標示「境界」說：

> 詞以境界爲最上，有境界則自成高格，自有名句。五代北宋之詞所以獨絕者在此。（一）

> 有造境，有寫境，此理想與寫實二派之所由分。然二者頗難分別，因大詩人所造之境，必合乎自然，所寫之境，亦必鄰於理想故也。（二）

> 有有我之境，有無我之境。「淚眼問花花不語，亂紅飛過秋千去。」「可堪孤館閉春寒，杜鵑聲裡斜陽暮。」有我之境也。「采菊東籬下，悠然見南山。」「寒波澹澹起，白鳥悠悠下。」無我之境也。有我之境，以我觀物，故物皆著我之色彩。無我之境，以物觀物，故不知何者爲我，何者爲物。古人爲詞，寫有我之境者爲多，然未始不能寫無我之

〔註28〕　王鎭坤，〈評人間詞話〉云：「有清一代詞風，蓋爲南宋所籠罩。卒之，學姜、張者，流於浮滑；學夢窗者，流於晦澀。晚近風氣，注重聲律，反之意境爲次要，往往堆垜故實，裝點字面，幾如銅牆鐵壁，密不通風。……先生（指靜安）目擊其弊，於是倡境界之說，以廓清之，《人間詞話》乃對症發藥之論也。」收錄於《人間詞話研究彙編》，頁 82～83。

境，此在豪傑之士能自樹立耳。(三)

無我之境，人惟於靜中得之。有我之境，於由動之靜時得
之。故一優美，一宏壯也。(四)

自然中之物，互相關係，互相限制。然其寫之於文學及美
術中也，必遺其關係、限制之處。故雖寫實家，亦理想家
也。又雖如何虛構之境，其材料必求之於自然，而其構造，
亦必從自然之法則。故雖理想家，亦寫實家也。(五)

境非獨謂景物也。喜怒哀樂，亦人心中之一境界。故能寫
真景物、真感情者，謂之有境界。否則謂之無境界。(六)

「紅杏枝頭春意鬧」，著一「鬧」字，而境界全出。「雲破
月來花弄影」，著一「弄」字，而境界全出矣。(七)

境界有大小，不以是而分優劣，「細雨魚兒出，微風燕子斜。」
何遽不若「落日照大旗，馬鳴風蕭蕭。」「寶簾閒掛小銀鉤」，
何遽不若「霧失樓臺，月迷津渡」也。(八)

嚴滄浪詩話謂：「盛唐諸公，唯在興趣。羚羊挂角，無跡可
求。故其妙處，透澈玲瓏，不可湊拍。如空中之音、相中
之色、水中之影、鏡中之象，言有盡而意無窮。」余謂：「北
宋以前之詞，亦復如是。然滄浪所謂『興趣』，阮亭所謂『神
韵』，猶不過道其面目；不若鄙人拈出『境界』二字，為探
其本也。」(九) 〔註29〕

第一則為「境界」一辭的定義，立下評詞的基準。第二則就創作內容
的方式之不同，分別「造境」與「寫境」之說。第三則就物我間關係
之不同，分別「有我之境」與「無我之境」。第四則就「有我」與「無
我」二種境界所牽動的美感有「優美」與「宏壯」二種。第五則論創
作的素材，一皆由自然處求之。第六則詮釋「境界」一義，實包涵外
界景物及內心感情二大要素。第七則舉例句說明，如何凸顯作品的境
界。第八則論境界不以大小而遽分優劣。第九則為境界說的總結，自
詡境界一說較諸前人的詞論，尤為探其本源。由以上九則，足可洞悉

〔註29〕　《全集》第十三冊，《人間詞話》，頁 5927～5929。

靜安「境界」說之理論基礎。

後世評《人間詞話》的學者，往往囿於有我與無我、造境與寫境之文字障裡，而忽略靜安所標示之「境界」說實則包涵隱、顯兩方面：顯的一面，其以爲凡是有眞感情、眞景物，合乎自然、不隔的作品，均可稱之曰「境界」；隱的一面，其最激賞對人生有深刻體認與反省的作品。因此，靜安眞正首肯而未明白說出的文學觀，可名之爲「人生境界說」，〔註 30〕即詩人面對經驗世界時，以眞切的洞察力與感悟力，於作品中完整地表現出生命的境界，尤其是憂生的苦惱。換言之，靜安透過對詞的評賞，表現出他個人獨特的文學觀，這種文學觀，無疑地是受叔本華哲學的影響，同時也築基於傳統詩論之上，因此靜安的文學觀，不僅是文學的，也是哲學的。

依據上文推論，靜安之「境界」說實際涵蓋傳統詩論的三大問題：情景交融、言外之意及性情襟抱，透過這三點，表達了他對人世的深切關懷。以下則分別析論之：

## 一、情景交融

「情」、「景」二原質，向爲傳統詩論中所固有，由於論述者見解殊異，以致面貌不一。靜安於〈文學小言第七則〉云：

> 文學中有二原質焉，曰景、曰情。前者以描寫自然及人生之事實爲主，後者則吾人對此種事實之精神的態度也。故前者客觀的，後者主觀的也。前者知識的，後者感情的也。……要之，文學者，不外知識與感情交代之結果而已。苟無銳敏之知識與深邃之感情，不足與於文學之事。〔註31〕

至靜安假託樊志厚名撰〈人間詞乙稿序〉時，則以「意境」代「情」「景」二字，說明二者的關係，並定其優劣。序云：

---

〔註30〕 李石，〈讀黃維樑『人間詞話新編』〉，《中外文學》八卷九期。案：李先生洞察靜安之文學觀，極富創見，本節即參考其說建立基礎理論，併此說明，並致謝意。

〔註31〕 《全集》第五冊，頁 1842。

　　文學之事，其內足以攄己，而外足以感人者，意與境二者
而已。上焉者，意與境渾，其次或以境勝，或以意勝，苟
缺其一，不足以言文學。原夫文學之所以有意境者，以其
能觀也。出於觀我者，意餘於境，而出於觀物者，境多於
意；非物，然無以見我，而觀我之時，又自有我在，故二
者常互相錯綜，能有所偏重，而不能有所偏廢也。〔註32〕

　　洎乎《人間詞話》論及「境界」一說時，則完全消弭情、景的界
線，認為凡是能寫真景物、真感情者，均可稱之為有境界。又《人間
詞話刪稿》第十則云：

　　昔人論詩詞，有景語、情語之別。不知一切景語皆情語也。

　　總之，寫景之詞，要能把握當前景色，描摹得生動而逼真，足以
豁人耳目，予人一種鮮明而真實的印象；言情之詞，要語語出自肺腑，
真摯感人，無矯揉妝束之態，猶如以血書者，令人不忍卒讀。如是，
當情、景交接之際，或以情感物，或以物動情。以情感物，則物與情
游；以物動情，則情隨物轉。至心物交會時，情景融合，如水乳交融
一般，渾涵一體而不可分，情即是物，物即是情，亦即「不知何者為
我，何者為物」，〔註33〕而這正是「境界」二字的真諦。「紅杏枝頭春
意鬧」著一「鬧」字；「雲破月來花弄影」著一「弄」字，而「境界」
全出，其故即緣於「鬧」、「弄」二字是動詞，具體刻劃出人對景物的
感受，就「紅杏枝頭春意」、「雲破月來花影」等真景物裡，滲入作者
的真感情，使得情景交融，渾然不分，因而自成一種「境界」。

## 二、意在言外

　　文學作品既已達到情景交融、渾然不分，不知何者為我，何者為
物的境界時，必然寓有含蓄蘊藉、意在言外之致。換言之，文學作品
之所以要求情景交融，正是要傳達意在言外之旨，而欲達此目的，則
非情景交融無以致之，二者可以說是一而二，二而一的。

〔註32〕《全集》第四冊，頁 1506。
〔註33〕同註29，頁 5927。

至於何謂「意在言外」？孔子嘗與子貢論詩曰：

> 子貢曰：「貧而無諂，富而無驕，何如？」子曰：「可也，未若貧而樂，富而好禮者也。」子貢曰：「詩云：『如切如磋，如琢如磨。』其斯之謂與？」子曰：「賜也，始可與言詩已矣，告諸往而知來者。」〔註34〕

孔子稱美子貢可以與言詩，因為子貢能感悟言外之意，而詩三百所以能興、觀、群、怨者，貴在於能得意在言外之旨。而靜安之所以推尊五代北宋之詞，亦同斯旨。〔註35〕由是知，凡偉大不朽的文學，無不含不盡之意見於言外，故能不厭千復。至於文學之所以能言有盡而意無窮者，端在於「情」「景」膠著，渾然交融之故。若專言情語，則失之淺露，餘味盡失；若專摹景物，則索然無味，難以動人。果能情中見景，景中寓情，如水乳交融一般，而後感人也深，餘韻悠然。

「采菊東籬下，悠然見南山」著一「見」字，而「境界」全出，其間真味，不可求之於詞句之間，但憑讀者心神領會，蘇東坡之闡釋最為精闢：「採菊之次，偶然見山，初不用意，而意與景會，故可喜也。」（〈東坡志林〉）初不用意，意與景會，就是情景交融後所得之味外之味。「寒波澹澹起，白鳥悠悠下」一句亦然。白鳥是客觀景物，「澹澹起」、「悠悠下」則在描繪景物中，隱約融入作者一己的主觀感情，細細讀來，始覺有餘不盡之妙。類此，皆為情景交融，而意在言外之作。

## 三、性情襟抱

除了情景交融、意在言外二點以外，靜安尚且要求作品中能夠表現人生。其所以命詞話曰《人間詞話》，稱自己所作的詞曰《人間詞》，都是明白示意，透過作品傳達個人對人生深切無已的關注，詮釋整個人生的意念。換言之，作品中應表達出詩人的性情襟抱。所

〔註34〕《論語・學而篇》。
〔註35〕同註29，頁5929。

不同的，傳統詩論所謂的性情襟抱，一般是指詩人的品德修養及個
人對社會國家的責任感。靜安則在「憂世」之外，特別強調詩人的
「憂生」，因此將傳統的性情襟抱轉化爲他的「人生境界」。《人間詞
話》六十則云：

> 詩人對宇宙人生，須入乎其內，又須出乎其外。入乎其內，
> 故能寫之。出乎其外，故能觀之。入乎其內，故有生氣。
> 出乎其外，故有高致。〔註36〕

詩人對宇宙人生，首先必須入乎其內，才能體悟感同身受的眞切
感情；又須出乎其外，才能超然於物我之間的利害關係，創造作品的
美感世界。關於兼具這二種態度與修養的重要性，靜安在〈文學小言〉
中曾論及：

> 自一方面言之，則必吾人之胸中洞然無物，而後其觀物也
> 深，而其體物也切，即客觀的知識實與主觀的感情爲反比
> 例。自他方面言之，則激烈之感情亦得爲直觀之對象、文
> 學之材料，而觀物與其描寫之也，亦有無限之快樂伴之。
> 要之，文學者不外知識與感情交代之結果而已。苟無敏銳
> 之知識與深邃之感情者，不足與於文學，此其所以但爲天
> 才遊戲之事業而不能以他道勸之者也。〔註37〕

由此，具見所謂「出乎其外必能觀之」就是吾人胸中洞然無物，而後
才能觀物也深，體物也切。所謂「入乎其內故能寫之」就是吾人內心
激烈的感情亦可作爲直觀的對象，所以能與花鳥共憂樂，以奴僕命風
月。〔註38〕但是，這種「能入」「能出」的態度與修養，又捨天才不
能達致。靜安嘗論及天才曰：

> 天才者，或數十年而一出，或數百年而一出，而又須濟之
> 以學問、帥之以德性，始能產生眞正之大文學，此屈子、
> 淵明、子美、子瞻等，所以曠世而不一遇也。〔註39〕

---

〔註36〕 同註29，頁5942。
〔註37〕 同註31。
〔註38〕 同註36。
〔註39〕 同註31，頁1843。

質其實，天才不僅需具備崇高的人格、淵博的學問，更重要的是，天才所看到的不是個別的事物，而多半是事物的普遍性。〔註40〕換言之，天才具有「通古今而觀之」〔註41〕的銳敏眼光。因此，靜安最激賞李後主的詞作，因為後主詞中所表現的，正是一種人類共通的感情。《人間詞話》十八則說：

> 尼采謂：「一切文學，余愛以血書者。」後主之詞，真所謂以血書者也。宋道君皇帝燕山亭詞亦略似之。然道君不過自道身世之戚，後主則儼有釋迦基督擔荷人類罪惡之意，其大小固不同矣。〔註42〕

後主傾其心血，道其身世之戚，不以紓寫一己之感情為滿足，更進而傳達人類全體的感情，亦即不域於一人之情，而能通世人之情而觀之。所謂「釋迦基督擔荷人類罪惡之意」，不過是形容詩人具備「通古今而觀之」的真切感情與銳敏的知識，亦即「真正之大詩人，則又以人類之感情為其一己之感情」。〔註43〕後主的偉大獨絕處即在於：透過作品描繪人生的真實圖景，傳達憂生的真切感情，臻於人生境界。

綜觀靜安的文學觀，雖然築基於傳統詩論「情景交融」、「意在言外」、「性情襟抱」三者之上，前者影響後者，前二者又為表現「性情襟抱」的基礎，三者環環相扣，縝密不可分，才是真正合乎「人生境界」說一義。

---

〔註40〕 陳曉南譯，《叔本華論文集》，頁 132。
〔註41〕 《全集》第十三冊，《人間詞話》卷下，頁 5954。
〔註42〕 同上註，卷上，頁 5931。
〔註43〕 《全集》第五冊，〈人間嗜好之研究〉，頁 1801。

# 第三章　形式篇

　　詞，作為文學的一種，以語言為媒介傳達美感經驗，當然亦是一種藝術。語言是藉由人的情感和思想賦予意義和生命的文字組織，其一方面形成圖案，近於象形文字的或圖畫的意象；而在另一方面形成節奏，近於串樂音。〔註1〕詞人正是掌握語言藝術的二大特質以構造詞，發展而成詞的繪畫性與詞的音樂性。詞的繪畫性是一種空間性的視覺效果。憑藉意象而表現；而詞的音樂性則是時間性的聽覺效果，運動節奏而形成。研究詞之語言藝術的表現，不外乎研究意象和節奏，故下文討論靜安詞的語言形式即依意象之運斤、與節奏之控馭二方面分別論述之。

## 第一節　意象之運斤

　　「意象」一詞，在文學作品的探討中經常被廣泛地使用。詞的創作，主要就是通過意象的具體表現。《文心雕龍‧神思篇》云：「獨照之匠，闚意象而運斤。」可知「意象」一詞並非外來語，而是古已有之，惜乎未能發展成一套系統理論。就字面意義解釋，「意象」是心理學名詞，意指過去的感覺或經驗在腦海裡重現的一種心理歷程。就

---

〔註1〕 Northrop Frye, "*Fables of Identity*", 1956, P.14。

文學意義而言，意象構想全屬心靈的活動，作家將不在眼前的人、事、景、物，僅僅經由記憶與聯想的心理運作，在心靈上重現過去感覺的遺跡，或重現過去經驗的影像，運用美感心靈的綜合作用，剪裁、組合、融會而成心靈的圖畫，遂成爲文學的具體表現方式之一。因此，我們甚至可以將「意象」簡稱之爲「心畫」。

簡言之，詞人以語言文字爲媒材，具現內心的心畫，具有繪畫性的意味。因此，研究詞人內心如何構想意象以組合人生的心畫，必須研究語法及用字，本章即循此探尋靜安詞運用意象的巧妙變化所在。

# 一、意象型

所謂意象型，是指意象構想的表現技巧，係依想像活動的不同而予以分類。〔註2〕本節即參考威爾斯的分類法，及詩六義中賦、比、興的作法，就靜安詞裡意象之直敘、意象之對照、及意象之譬喻三種類型，逐一探討。

## （一）意象之直敘

傳統詞作，簸弄風月，陶寫性情，故以蘊藉含蓄爲貴。然而直攄胸臆，傾露肺腑，將情感毫無矯飾地揮灑出來，却也是詞中常用的手法。鍾嶸《詩品》嘗評論六朝人工於典故云：

> 至乎吟咏情性，亦何貴於用事？「思君如流水」即是即目，
> 「高臺多悲風」亦惟所見，「清晨登隴首」羌無故實，「明
> 月照積雪」詎出經史。觀古今勝語，自非補假，皆由直尋。

鍾嶸所賞識的「直尋」，即指直抒胸臆而言，不必一味依傍典故，亦不須專事寄託，而是將作者的思想感情，憑藉語言文字構想意象，直接傳達出來。這種直敘的手法，梁啓超稱之爲「奔迸的表情法」，其解釋說：

> 向來寫情感的，多半以含蓄蘊藉爲原則，像那彈琴的絃外
> 之音，像喫橄欖的那點回甘味兒，是我們中國文學家所最

---

〔註 2〕詳見梁伯傑，《文學理論》，頁 305。

樂道。但是有一類的情感，是要忽然奔迸一瀉無餘的，我
們可以給這類文學起一個名，叫做「奔迸的表情法」。例如
碰著意外的過度的刺激，大叫一聲或大哭一場或大跳一
陣，在這種時候，含蓄蘊藉，是一點用不著。〔註3〕

　　靜安早歲由哲學逃於文學，意欲於其中求直接之慰藉，因而從事
倚聲填詞，以發抒心中的鬱悶，免除空虛的苦痛，故詞中往往流露一
股豪情逸興，並非其特意如此，而是衷情切至，非如此不足以盡其情。
如〈浣谿沙〉：

六郡良家最少年，戎裝駿馬照山川，閒拋金彈落飛鳶。　　何
處高樓無可醉，誰家紅袖不相憐，人間那信有華顚。(〈之一〉)

草偃雲低漸合圍，琱弓聲急馬如飛，笑呼從騎載禽歸。　　萬
事不如身手好，一生須惜少年時，那能白首下書帷。(〈之二〉)

二首詞極寫遊俠少年意興遄飛的豪情與英姿勃發的浪莽情懷，色色逼
眞。就寫作技巧而言，一爲靜態描述，　　爲動態演示。「草偃雲低漸
合圍，琱弓聲急馬如飛」正相當於「戎裝駿馬照山川」，「笑呼從騎載
禽歸」則較「閒拋金彈落飛鳶」更爲具體生動。一般而言，對人事景
物的描寫，把握住具體的刻劃與動態的演示，較能凸顯意象。第二首
即藉一連串的動態意象「偃、低、合圍、急、飛、笑呼、從騎」融裁
成一幅具體的圖象，遂令此　遊俠少年，其雄姿英發的意態神情，躍
躍欲動於紙上。然而，人物形象雖是鮮活躍動的，情感却是極端沈痛
而悲切，其酣暢盡致之處，也正是全詞情韻之所在。相對地，第一首
「閒拋金彈落飛鳶」，全由「閒」字著力，點染出另一番旖旎風味，
同時也舒緩了節奏的進展。過片繼之以「醉高樓」、「惜紅袖」渲染那
份浪漫情懷，在氣氛營釀上，自有其一貫性，烘托結句「人間那信有
華顚」，益見其閒逸自負之情。這二首詞雖然都是直述少年情懷，情
感一注而下，却不是一覽無餘，結語均對殘酷的現實人生提出了無奈
的疑問，奔迸的情感至此也戛然而止。

---

〔註3〕梁啓超，《中國韻文裡頭所表現的情感》，頁3。

再看這首〈少年游〉：

　　垂楊門外，疎燈影裡，上馬帽簷斜。紫陌霜濃，青松月冷，
　　炬火散林鴉。　酒醒起看西窗上，翠竹影交加。跌宕歌詞，
　　縱橫書卷，不與遣年華。

這首同樣是寫少年情懷，却藉著景色的烘托，更具深婉流美之致。首
先映入眼簾的是一片視覺意象「垂楊、燈影、紫陌、濃霜、青松、冷
月、炬火、林鴉、翠竹」，呈現一幅清新柔美的圖畫，意境幽妍。「濃
霜」、「冷月」也同時訴諸觸覺，整首詞在描寫月夜景緻上，極盡娟妍
鮮翠之態。下片則以虛幻之影與上片醉時的豪邁意態隱約契合。「酒
醒起看西窗上」是靜安觀一切宇宙人生的態度；「翠竹影交加」則是
其對「人間」縹緲的印象；「跌宕歌詞，縱橫書卷，不與遣年華」更
足以見出靜安感於何以遣此人生的低迴無奈之緒。個中種種苦痛只緣
「心事太崢嶸」（〈鷓鴣天〉）！靜安少時雖然極具強烈的生命欲，其
後阨於環境與個性等因素阻滯，強逼此強烈的欲望成為內傾，於是面
對人世的空虛苦痛，轉而藉書卷以求排遣，此其所以雖覺「因病廢書
增寂寞」（〈病中即事〉），「百年那厭讀奇書」（〈重遊狼山寺〉），猶不
得不常懷「掩卷平生有百端」（〈浣谿沙〉），竟至有「掩書涕淚苦無端」
（〈浣谿沙〉）、「跌宕歌詞，縱橫書卷，不與遣年華」之慨嘆。所以，
這首詞直抒少年情懷，却也含藏著思想感情的矛盾衝突，血淚交輝，
極為感人。

　　另一首〈鷓鴣天〉，也是由「醉酒」中奔迸而出的感懷，詞云：

　　列炬歸來酒未醒，六街人靜馬蹄輕。月中薄霧漫漫白，橋
　　外漁燈點點青。　從醉裡，憶平生。可憐心事太崢嶸。更
　　堪此夜西樓夢，摘得星辰滿袖行。

這首詞與前首意境相彷彿，結語則以景結情淡出，尤為高遠而蘊藉。
這種悠然自適，以詩、酒遣愁解憂的生活，看似快活，却是靜安在心
中幾經掙扎後的無奈之計。試看〈賀新郎〉一詞下片云：

　　遣愁何計頻商略，恨今宵，書城空擁，愁城難落。陋室風
　　多青燈炧，中有千秋魂魄，似訴盡人間紛濁。七尺微軀百

　　年裡，那能消，今古閒哀樂。與蝴蝶，蘧然覺。

由是知，靜安對於現實的人生和醉酒的夢幻，一切都覺可怨，並深切感到人生一切都是「空」，尤其是「人間酒醒夢回時」（〈虞美人〉）的那份虛空，更是令人難耐。因而他常嘆息「沈沈人海，不與慰羈孤」（〈八聲甘州〉），因怨之深而頓足言「思量人間，年年征路，縱有恨，都無啼處」（〈祝英臺近〉），並且歸結云「人間事事不堪憑，但除却無憑兩字」（〈鵲橋仙〉），落一「無憑」，其孤心對此無常人世之怨懟，不言而喻。靜安浮沈人世五十載，雖曾換得一場「拼泥飲」的豪氣，却有恍若「游戲在塵寰」（〈浣谿沙〉）之虛幻感。雖然人間依舊有「不盡灯前歡語」，自身却已「朱顏難駐」，空餘「一夢鈞天只惘然」的悠悠浩嘆。

　　儘管靜安的情感是頹喪的，儘管靜安的思想是厭世的，他却敢於直抒直寫，一任情思奔騁，氣之所充，蓄之所發，一股眞情實感，由性靈肺腑中澎湃湧出，達致不妨說盡而愈無盡的境界，故又能有幽咽纏綿之意溢於言表。

## （二）意象之對照

　　所謂對照，是指將兩種或兩種以上的情境予以并立，然後從中凸顯出某種意念。這種情形，最明顯的例子如〈鵲橋仙〉中：

　　　　北征車轍

　　　　南征歸夢

這是敘述遠征的車乘繼續向北方奔馳，而詞人的歸夢總是意向南方，在兩個極端之間，似乎永遠無法調和折衷，因而產生矛盾衝突感。這種衝突感完全是由兩種相反情境的對照而凸顯，即「車轍」與「歸夢」兩個意象的對照，而且兩者實際上只發生在一念之間，這種對照自是強烈的傳達出內在的衝突感。他如：

　　　　一縷新歡，舊恨千千縷。（〈蝶戀花〉）

　　　　君看今日樹頭花，不是去年枝上朵。（〈玉樓春〉）

　　　　客裡歡娛和睡減，年來哀樂與詞增。（〈浣谿沙〉）

　　只恨當時形影密，不關今朝別離輕。(〈浣谿沙〉)

　　開時寂寂尚無人，今日偏嗔搖落早。(〈玉樓春〉)

　　潮落潮生，幾換人間世。(〈蝶戀花〉)

　　漫言花落早，只是葉生遲。(〈臨江仙〉)

以上各例，都是藉由二種截然不同的情境對照中，呈顯出形勢互異，人世無常的慨嘆。意象之對照表現得較深刻而強烈的，當屬〈浣谿沙〉一首：

　　天末同雲黯四垂，失行孤雁逆風飛，江湖寥落爾安歸？　陌
　　上金丸看落羽，閨中素手試調醯，今朝歡宴勝平時。

這首詞全由意象之對照傳達喻旨。如「孤雁」與「弋人」對照弱小與殘暴；「江湖寥落」與「閨中歡宴」對照出悲慘與歡樂的情境；「金丸落羽」與「素手調醯」對照孤苦伶仃與貪婪殘忍。筆路層次井然，意象鮮明生動，於是，孤雁之可憫，弋人之可憎，便在此一對照中顯現出來。從而聯想到人世間亦不免有強凌弱、大欺小之事實發生，許多隱而不忍言之意，盡在字裡詞間。

　　靜安詞中有關意象對照技巧的使用，具有一普遍現象，就是高下異勢之對照。如〈蝶戀花〉詞：

　　百尺朱樓臨大道，樓外輕雷，不間昏和曉。獨倚闌干人窈
　　窕，閒中數盡行人小。　一霎車塵生樹杪，陌上樓頭，都
　　向塵中老。薄晚西風吹雨到，明朝又是傷流潦。

此闋詞慨歎韶光飛逝，人生易老。「百尺」形容其孤高，「朱樓」象徵其富勢，「大道」、「輕雷」喻示街景之熱鬧繁華景象，「不間昏和曉」示意人世庸碌熙攘的情景。而高倨樓上的女子似乎以一種超然而輕蔑的眼光，悠然地俯瞰道上絡繹不絕的行人，「小」字反襯出個人的孤高。下片則在塵土飛揚中領悟到自我與行人都將在擾攘塵世裡垂垂老去，結語因而意識到凡人一旦罹此塵網，再難超拔。全詞在高、下對照中，真正達到運情入景之效。這首是寫由高處墜落人世的悲涼情境，此外，也有描寫迂迴低谷，極意攀爬高峰的詞作，如〈減字木蘭

花〉詞云：

> 亂山四倚，人馬崎嶇行井底。路逐峯旋，斜日杏花明一山。
> 　銷沈就裡，終古興亡離別意。依舊年年，迤邐驟綱度上
> 關。

上片寫置身於「亂山」中，由崎嶇「井底」一路盤旋攀行，末句「杏花」一意象帶來明亮欣喜的前景，與「舟逐清溪彎復彎，垂楊開處見青山」（〈浣谿沙〉）同具探幽之絕妙境界。然而下片感情急轉而下，道出盛朝衰敗、人世無常的喟嘆。「依舊」二字強化無奈之意，面對此無法忘情的苦痛人生，詞人內心的幾許孤苦都被這二字抑壓下去，言外不勝悲涼意。又，結語亦試圖努力奮起，語意中寓含背負著沈重的人世包袱，追尋遙不可及的理想高峯，將全詞轉入孤高贽子的情境。

　　以上兩首詞都是藉由形勢互異的意象，對照出內心孤寒無依與索求無奈之感。其他使用這種形勢對照以凸顯某種情境的意象尚多，如：

> 極天衰草暮雲平，斜陽漏處，一塔枕孤城。（〈臨江仙〉）
>
> 勢欲拆飛終復墜，蒼龍下飲東溪水。（〈蝶戀花〉）
>
> 嚴城鎖，高歌無和，萬舫沈沈臥。（〈點絳脣〉）
>
> 直青山缺處是孤城，倒懸浸明湖。森千帆影裡，參差宮闕，
> 風展旌旗。（〈八聲甘州〉）
>
> 試上高峯窺皓月，偶開天眼覷紅塵，可憐身是眼中人。（〈浣
> 谿沙〉）

這些詞句本身都能自足地完成生動的意象，表現高下異勢的對峙情境，耐人尋索。

## （三）意象之譬喻

　　譬喻是一種運用意象語以「借彼喻此」之表情達意的方法。凡甲事物和乙事物在思想觀念上有類似處，通過聯想和移情作用，以乙來比擬甲，謂之譬喻。通常是以易知說明難知，以具體說明抽象，不僅具有說明作用，亦含藏著美化作用，故是屬於作家寫作時追求的空靈

蘊藉之法。

《墨子‧小取篇》云：

> 辟也者，舉也物而以明之也。

「辟」就是譬喻，「也物」即他物。墨子以爲譬喻就是以他物說明此物。又《荀子‧非相篇》云：

> 談話之術，矜莊以莅之，端誠以處之，堅彊以持之，分別
> 以喻之，譬稱以明之。

王符《潛夫論‧釋難篇》云：

> 夫譬喻也者，生於直告之不明，故假物之然否以彰之。

由是知，譬喻可使意義難敍的事物，以易知的加以譬喻說明，或將抽象的情緒、感覺，以具體的加以譬喻說明。

至於說明之妙足以窮態極妍的，則更由說明而進于美化作用。羅大經《鶴林玉露》謂：

> 詩家有以山喻愁者，杜少陵云：「憂端如山來（應爲憂端齊
> 終南），澒洞不可掇。」趙嘏云：「夕陽樓上山重疊，未抵
> 閒愁一倍多。」是也。有以山水喻愁者，李頎云：「請量東
> 海水，看取淺深愁。」李後主云：「問君能有幾多愁，恰似
> 一江春水向東流。」秦少游云：「落紅萬點愁如海。」是也。
> 賀方回云：「試問閒愁都幾許？一川烟草，滿城風絮，梅子
> 黃時雨。」蓋以三者比愁之多，尤爲新奇，兼興中有比，
> 意味更長。

以山水、烟草或風絮、梅雨等喻愁多，見出詩之微妙婉曲，韻味深長，如此譬喻之可美化意境，自是顯而易見。

靜安詞中意象之設喻概可分二類：明喻與隱喻。所謂明喻，係就相異的兩事物之間，運用某方面或某些方面的相似，進行比較，並且在相似點上，加上「如」、「似」、「猶」等譬喻語詞將之縮合的一種譬喻方式。如李後主〈望江南〉：「車如流水馬如龍，花月正春風。」王安石〈桂枝香〉：「千里澄江似練，翠峰如簇。」凡此即是明喻。所謂隱喻，不用「如」、「似」等譬喻語辭，沒有明顯的譬喻痕跡，而是在

並不相似的兩事物之間進行間接比較。它與明喻之不同，在於明喻的形式是「甲如同乙」，隱喻的形式是「甲就是乙」；明喻在形式上只是相類的關係，隱喻在形式上卻是相合的關係。〔註4〕如杜甫〈題鄭縣亭子〉：「巢邊野雀群欺燕，花底山蜂遠趁人。」隱喻群小妬賢，舊人不容新人。李後主〈烏夜啼〉：「剪不斷，理還亂，是離愁，別是一番滋味在心頭。」以亂絲隱喻離愁。凡此皆是隱喻。

以下即就靜安詞中有關意象之明喻與隱喻的手法，分別舉例說明如次：

## 1. 明　喻

從詩經時代開始，基於寫物以附意，颺言以切事之要求，通過類比的關係，而產生明喻的表現。例如「有女同車，顏如舜華」，「言念君子，溫其如玉」，「蜉蝣掘閱，麻衣如雪」，「手如柔荑，膚如凝脂」等句，藉由二物之間的相似點，進行直接比較，使我們能一目了然，這就是明喻。

靜安詞中意象之明喻，如：

小齋如舸，自許迴旋可。（〈點降唇〉）

滿地霜華濃似雪。（〈蝶戀花〉）

君似朝陽，妾似傾陽藿。（〈蝶戀花〉）

隔座聽歌人似玉，六街歸騎月如霜。（〈浣谿沙〉）

人生只似風前絮。（〈採桑子〉）

西風起，飛花如雪，舟舟去帆斜。（〈滿庭芳〉）

郎似梅花儂似葉。（〈臨江仙〉）

誰道閒愁如海，零碎。（〈荷葉盃〉）

人間顏色如塵土。（〈蝶戀花〉）

一霎新歡千萬種，人間今夜渾如夢。（〈蝶戀花〉）

風枝和影弄，似妾西窗夢。（〈菩薩蠻〉）

---

〔註4〕陳師道，《修辭學發凡》，頁126。

北窗情味似枯禪。(〈鷓鴣天〉)

第六句以「雪花」一意象之飄零，比喻「落花」之繽紛，詩詞中所習見，如李白〈憶舊遊寄譙郡元參軍〉：「其若楊花似雪何？」又〈送別〉：「梨花千樹雪，楊柳萬條烟。」李後主〈清平樂〉：「砌下落梅如雪亂，拂了一身還滿。」諸例皆以「雪」爲喻義。第十句以「夢」一意象比喻相聚之短暫虛幻，杜甫〈羌村〉：「夜闌更秉燭，相對如夢寐。」溫庭筠〈更漏子〉：「春欲暮，思無窮，舊歡如夢中。」晏幾道〈鷓鴣天〉：「今宵剩把銀缸照，猶恐相逢是夢中。」而李後主〈謝新恩〉：「暫時相見，如夢懶思量。」適足以引之爲「人間今夜渾如夢」一詞之註腳。第九句「眾裡嫣然通一顧，人間顏色如塵土」自《詩經·鄭風·有女同車》：「有女同車，顏如舜華」一義轉出，技巧更深一層，不正面摹繪女子姣美之容顏，而以女子的嫣然一笑傾倒眾生，致使人間顏色猶如塵土之黯然，藉由明喻映襯女子的華顏，表現出無法用抽象言詞形容的美感。又第十一句「風枝和影弄，似妾西窗夢」，以「風吹樹影」一意象譬喻妾夢之虛幻縹緲，其中所使用之意象不獨描寫景物，同時喚起感情的聯想，加深言外之意，而有餘韵蕩漾之感。

由此可知，明喻雖非特殊技巧，運用得當，亦能收寫物以附意，颺言以切事之效。

## 2. 隱　喻

詞人使用隱喻，無異是藉隱喻的表現方式傳達特殊的經驗或感受。隱喻實際上包括兩個有效因子，由兩部分組合而成，被表現出來的部分稱做要旨；用之於傳達思想感情的部分稱做媒介。如「急景流年眞一箭」(〈蝶戀花〉)一句，「箭」是媒介，「急景流年」是要旨，詞人意欲透過這些媒介質性的暗示作用，以達到取喻的目的。所以，通常客觀地察看一詞人所使用隱喻的媒介，無論這些隱喻是經由理智反省而來，抑或由情感觸發而來，這許多媒介物本身的屬性適足以暗示出極豐富的意義。例如「獨自惜幽芳，不敢矜遲莫。却笑孤山萬樹梅，狼藉花如許」(〈卜算子〉)，於詠水仙中自然暗示靜安人格的高潔

和孤介。「厚薄不關妾命，淺深只問君恩」(〈清平樂〉)，暗示靜安溫婉堅貞的操守。「從醉裡，憶平生，可憐心事太崢嶸」(〈鷓鴣天〉)，暗喻靜安曲高和寡的心性。「君莫折，君不見舞衣寸寸塡溝洫！細腰誰惜」(〈摸魚兒〉)，道出靜安對歷史的興滅，含藏悲劇性的意味。「算是人生贏得處，千秋詩料，一坏黃土，十里寒螿語」(〈青玉案〉)，隱示靜安落拓悲抑的人生觀。凡此種種，皆是掌握可見易曉的媒介物，投射作者一己的意念情感，達到靈活生新的取譬目的，也從不同的角度映現詞人的自我影像。

　　靜安詞作中有關隱喻的表現最具特色的是，其運用歷史神話作爲譬喻，在事件的背後隱含深刻的寓意。如〈蝶戀花〉一詞：

　　　憶挂孤帆東海畔。咫尺神山，海上年年見。幾度天風吹棹
　　　轉，望中樓閣陰晴變。　　金闕荒涼瑤草短。到得蓬萊，又
　　　值蓬萊淺。祇恐飛塵滄海滿，人間精衛知何限？

其引《漢書‧郊祀志》蓬萊、方丈、瀛洲三島二神山破題：「三神山者，相傳在渤海中，望之如雲；及至，三神山反居水下，水臨之，患且至，則風輒引船而去，終莫能至云。」隱示在文化的神話裡，其內心對理想的追求是可望而不可及的。上片全由想像運筆，下片則由不可及的文化神話階段轉折到現實生活，看似實事直敘，實情直抒，究其要裡，仍然是以幽渺爲理，以想像爲事，恍惚敍情，曲盡其悲憫的人生觀，並點出人生的實景，祇宜遠望而不可近觀。凡是人一心所渴望欲求的東西，一旦攫取到手，結果不過只是一場虛幻。「精衛塡海」是一種隱喻，說明人生的欲望無窮，年歲有時而盡，苦苦追求的結果不外兩種：追求到手，則日久生厭；想望不及，日久生痛苦。因此人生一如鐘擺，日日往復於厭倦和苦痛的兩造之中，無時或已。此一雙層寓意，正是〈蝶戀花〉一詞所隱示的涵義。

　　神話是許多文學作品的原始力量與靈感的來源，而且神話世界本身呈現一種永恒時間的狀態，所以耽於探尋生命的詩人，往往滿含著寄望，進入神話世界冥想追尋。從基本上察看，靜安所以構設如此的

神話世界，無異是其個人的情志在現實生活中遭受到壓抑或挫折，鬱悒難伸，因而意圖遁入一想像的世界裡，求得暫時的解脫。然而神話世界是虛幻的，追求祇是徒勞，這種落空的悲哀就由詞中無聲無息的滲溢出來。

我國傳統的詩、詞，每喜借他人以言情，「天地間情莫深于男女，以故君臣朋友，不容直致者，多半借男女言之，《風》與《騷》其大較也」。﹝註5﹞而在靜安的個性中常為人所忽略的一點，在作品中毫不假飾地喻現出來，就是在他的個性中帶有很強烈的女性化傾向。﹝註6﹞這種女性化傾向的特徵外射於作品時，對君父產生很強烈的依賴感；簡言之，具有君父之情的意向性。如〈虞美人〉一詞：

碧苔深鎖長門路，總為蛾眉誤。自來積毀骨能銷，何況真紅一點臂砂嬌。　妾身但使分明在，肯把朱顏悔。從今不復夢承恩，且自簪花坐賞鏡中人。

此詞寫思君深切，情無由宣，唯有鎮日凝眸對影獨坐，任憑青春等閒空度。表象明寫宮怨，事實上隱含著對君父的依戀之情。自來寫宮怨，莫不以「長門」作故實，暗示女子見棄後，其青春之虛度與思情之難達。下片「妾身但使分明在，肯把朱顏悔」即承「長門」故實而來，道出內心戀慕無悔的深情。末二句則以刻劃女子無所依傍的寂寥心情作結，怨慕悲涼之意，不言而喻。

類此具有女性化傾向之詞作，約占靜安詞之百分之三十五，在內

﹝註5﹞　清・李重華，《貞一齋詩說》，見丁仲祜編訂，《清詩話》。
﹝註6﹞　「女性化傾向」（Anima）一詞是參考王溢嘉醫師編譯，《精神分析與文學》，頁58～59。榮格（C. G. Jung）認為自我有三個原型，即暗影（Shadow）、內我（Anima）與假面（Persona），這三個原型皆屬人類遺傳而來之心靈組成部分。「內我」是指個人的內在自我，以別於其外在性格的表現。榮格認為，人類的心靈含有雌雄兩性，「內我」通常是指潛意識中的異性心象，男人的「內我」（Anima）是指他內在較女性化的靈魂，而女人的「內我」（Animus）則是指她內在較男性化的靈魂。這種內在的異性心象在我們的意識生活裡同樣隱而不顯，但在文學作品中卻不乏「內我」外射的例子。

容上，自然出之於其溫厚眞摯的情感；在表現上，其大量採用隱喻的表現方式，更加形成其個人的獨特風格。何以言？若我們逆溯隱喻的質性，確知隱喻是以此物暗示彼物，而隱喻的本身（此物）並非作者所意圖敘述、描繪或指斥的對象，其在作爲表現媒介的語言中，不過立於居間的地位，作者的情思是經過它的折射之後再傳達出來，於是在作者與所要傾訴的對象（彼物）之間，形成一種距離；換言之，它代替承受作者情感的衝擊。因此，無論作者原來的情感多麼深邃與激烈，經由選擇隱喻的思考活動，透過隱喻的緩衝，這種情感便不是直接的傾洩，而是被收斂凝聚在特別的語言裡，迂廻舒緩地展現出來，達到不淫不傷，溫婉和雅的境界。所以，具有女性化傾向之詞作，不僅發揮隱喻之功效，無形中亦成就靜安詞作之獨特風格。

　　綜合評論靜安詞中意象的設喻法，雖然間有鎔鑄前人作品而成的，但通過物我的移情作用和巧妙的構思，大都能不落滯相而有神味，達到貼切渾成，掩抑生姿之境。

## 二、主題意象──「人間」之詮釋

　　前述依詞人想像活動的特性，經由意象構想之不同，分成三種意象。接著我們將注意力，移轉到靜安詞中的主題意象上加以分析探討。因爲意象構想有它的集合中心，也有它的剪裁取捨標準，合乎此中心與標準者，方能如磁石之聚鐵，排列就序之後即成心畫，進而合理有效的傳達到外在世界。是以，詞人所極意構設之主題意象，經常就是詞人在作品中的自我表露。

　　大凡一流的文學作品，或可能成爲一流之文學作品，都具有一普遍性藝術特徵，即該作品所含隱微高妙之意，經常能夠振動我們內在的心弦。而一個從事文學批評工作者所要探討的，正是文學與人性中某種內在的心弦之間的關係；換言之，文學批評者企圖追求存在於偉大作品裡的木鷹。〔註7〕當作品裡的木鷹出現時，其以近乎不可思議

---

〔註7〕　木鷹（Wooden hawk），引自徐進夫譯，《文學欣賞與批評》，頁131。

之魔力,誘出深刻而又普遍之人性反應,而此一人性之反應,正是促使文學作品具有普遍性與永久性的基本因素。

綜觀靜安詞可以發現,一種對世界、人生的悲觀態度爲一經常出現之主題,因而詞集中往往重複出現一句詞──「人間」。靜安詞一百一十五闋中,「人間」句凡三十八見。此固然可以解釋其之所以命名詞集曰《人間詞》,命名詞話曰《人間詞話》之主因。靜安在其所著《詞話》六十則嘗云:「詩人對宇宙人生,須入乎其內,又須出乎其外。入乎其內,故能寫之。出乎其外,故能觀之。入乎其內,故有生氣。出乎其外,故有高致」。〔註8〕其意即指詞人對宇宙人生,既須有「能入」之深切感情,又須有「能出」之觀照,方能對此深切之感受予以眞切之表出。爲了眞切表出其對宇宙人生之所感,自然成爲靜安詞中「人間」二字頻頻出現的原因之一。

設若進一步網尋靜安之詩、文集、詞作中使用「人間」二字的意義,並加以研析,發現「人間」二字具有二種不同的涵義:

## (一)普通意義

意指人間世。這種用法與「平生」、「人生」、「浮生」等意義類似。如:

> 人間嗜好之研究
>
> 此刻始得知之可謂人間瓌寶矣。(〈魏毌邱儉丸都山紀功石刻

康貝爾教授(Professor Joseph Campbell)在其所著之《神的假面具:原始神話學》(*The Masks of God: Primitive Mythology*, Viking, 1959)中描述一個關於動物行爲的奇異現象。剛孵出的小雞,尾巴上仍然粘著蛋殼的碎片,當一隻老鷹在它們的上空掠過時,都會奔馳著尋求掩護;但它們對其他的禽類,卻不甚理睬。尤其奇怪的是,在雞舍的上面安一條鐵絲,用一隻木製的老鷹模型推向前去,亦會使它們四下奔跑,(但將木鷹拉回,則無此反應。)因此,康貝爾教授問道:「小雞的世界中並無這樣一個可怖的形象,此種驟然的驚慌究竟從何而起呢?活的海鷗、鴨子、蒼鷺及鴿子,均皆漠然無動於衷;但藝術作品卻能振動某種內在的心弦!」(第31頁)

〔註8〕《全集》第十四冊,頁5942。

跋》）

此本乃書成後即傳寫者，雖斷璣尺羽，亦**人間**壞寶也。（〈唐寫本兔園冊府殘卷跋〉）

其流傳**人間**者僅賴拓墨及著錄文字之書。（〈隨庵吉金圖序〉）

張氏之書散亡殆盡，未必尚在**人間**。（〈雜劇十段錦跋〉）

末有大昕及之二印，及之爲先生舊字，**人間**亦罕知者。（〈乾隆諸賢送曾南邨守郴州詩卷跋〉）

對此遺跡，誰謂先生不在**人間**也。（〈沈乙庵先生絕筆楹聯跋〉）

近者太常官司於**人間**。（《古劇腳色考》）

所藏雜劇至三百餘種，多**人間**希見之本。（《錄曲餘談》）

到處**人間**作石尤。（〈紅豆詞之二〉）

了却**人間**是與非。（〈書古書中故紙〉）

蟬蛻**人間**世。（〈偶成二首之二〉）

**人間**上巳何歲無，獨數山陰暮春初。（〈癸丑二月三日京都蘭亭會詩〉）

一朝繭紙閟幽宅，**人間**從此無眞跡。（〈癸丑三月三日京都蘭亭會詩〉）

**人間**事事不堪憑，但除却無憑二字。（〈鵲橋仙〉）

**人間**歲歲似今宵，便勝却貂蟬無數。（〈蝶戀花〉）

**人間**解與春遊冶。（〈踏莎行〉）

**人間**望眼何由騁。（〈蝶戀花〉）

潮落潮生，幾換**人間**世。（〈蝶戀花〉）

懶祝西風，再使**人間**熱。（〈蝶戀花〉）

**人間**夜色尚蒼蒼。（〈浣谿沙〉）

思量只有**人間**，年年征路，縱有恨，都無啼處。（〈祝英臺近〉）

**人間**幾度生華髮。（〈蝶戀花〉）

**人間**今夜渾如夢。（〈蝶戀花〉）

不緣此夜金閨夢，那信**人間**尚少年。(〈鷓鴣天〉)

此景**人間**殊不負。(〈蝶戀花〉)

**人間**愛道爲渠媚。(〈蝶戀花〉)

只餘眉樣在**人間**。(〈阮郎歸〉)

**人間**那信有華顛。(〈浣谿沙〉)

一霎幽歡，不似**人間**世。(〈蘇幕遮〉)

自是思量渠不與，**人間**總被思量誤。(〈蝶戀花〉)

**人間**爭度漸長宵。(〈浣谿沙〉)

**人間**何苦又悲秋。(〈好事近〉)

不辨墜歡新恨，是**人間**滋味。(〈好事近〉)

多少**人間**行役，當年風度曾識。(〈摸魚兒〉)

最是**人間**留不住，朱顏辭鏡花辭樹。(〈蝶戀花〉)

**人間**曙，疎林平楚。(〈點絳脣〉)

**人間**相媚爭如許。(〈踏莎行〉)

觀乎此，其對人生惓惓之情不言而明。靜安少時曾評論席勒對詩歌所下之定義云：

> 「詩歌者，描寫人生者也。」此定義未免太狹。今更廣之曰：描寫自然及人生可乎？然人類之興味，實先人生而後自然，故純粹之模山範水、流連光景之作，自建安以前，殆未之見。而詩歌之題目，皆以描寫自己之感情爲主。其寫景物也，亦必以自己深邃之感情爲之素地，而始得於特別之境遇中，用特別之眼觀之。故古代之詩所描寫者，特人生之主觀的方面，而對人生之客觀的方面及純處於客觀界之自然，斷不能以全力注之也。〔註9〕

是以此一「人間」之普通意義證明，我們民族無論在文化上，或是在生活上的原始想法都是認爲「人間」就是現實。我們上不見天堂，下不著地獄，「人間」既是我們無所遁逃之處，同時也是我們唯一生存

---

〔註9〕《全集》第五冊，〈屈子之文學精神〉，頁1849。

的地方。

## （二）特殊意義

即靜安心靈中凹陷之部份。此一特殊之「人間」意義，當靜安一再重複使用時，成為他在作品中出現的隱微之意。而此一「人間」又具有雙重意義：

其一，當「人間」二字一再出現時，它構成靜安內心的情結。〔註10〕所謂情結，是指一組互相關連而且互相制約的觀念與情感。類似這樣的一種情感，假如昇華的時候，就會暗藏而成一種心病。靜安詞中「人間」意義所構設的心結，是一種自卑情結。〔註11〕依據阿德勒氏之言，自卑情結經常與補償作用互為一體，而有明面與暗面之分：在潛意識裡，它隱而不言，形成一種自卑心態，在意識裡，它顯而要求的並非自卑心態，而是一種優越感的表現。阿德勒氏相信，優越感的作用，以及自我實現的驅力，乃是影響人格的最重要的原動力。阿德勒氏假設人類的行為動機，主要依賴社會的驅使，人們行動背後的主要推動力，是一種生來要超越別人的欲望所造成，因而可以經由許多不同的方式予以表現。是以每個人選擇適合自己的生活模式，不斷地奮鬥，力求發展自己的完整人格，因而產生自卑感的補償現象，此其二。何以然？據阿德勒氏之言，生活模式形成於兒童時期，由個人的長相以及環境所造成。而一個人的生活模式足以決定其將來在社會上所扮演之角色，及其日後的成就表現。因此之故，一個人的自卑感及其力求補償的努力，大半決定於其所選擇的生活方式，以決定其立身於社會上的優越地位。由於靜安是屬於內向型的性格，所以其選擇

---

〔註10〕 情結（Complex），引見 *The World Book Encyclopedia*, N. Y. 1972, Vol. 13, P.328。 "Complex is a group of related repressed ideas or feeling"。

〔註11〕 自卑情結（Inferiority complex），是由 Alfred 提出的理論。引見 John R. Wilson, "*The Mind*", N. Y. 1974, P.87～88。阿德勒認為，當一個人無法在生活環境的壓力與自我實現的願望間尋求真正的適應時，就會產生自卑情結。而自卑情結通常與補償作用（Compensation）連在一起，促使人選擇適合自己的生活模式以創造自我。

向學術上尋求發展，表現他內心的優越感，以補償其由於長相及環境所造成的自卑感，因此構成其學者型的生活模式，以掩飾內在的自卑情結。此亦即「人間」一詞出現時的第二層意義：靜安內心深切希望求得性格缺陷上的補償。

補償作用對人生而言，是動態性的原則，此一原則可以發展成為創造性的自我，人們就憑藉著此一創造性的自我，在個人的生活環境與經驗世界裡建立起一己的人格。由於靜安患有很嚴重的近視，長相並不特出，所以在尋求補償時，因為性格之圍限，只有轉向學術方面力求補償。且其自幼深受傳統文化所熏育，故嘗自詡是「為中國文化所化之人」。一個「為中國文化所化之人」，將中國文化視作「水」，個人則是「魚」。因此，一旦固有的文化消失時，個人勢將無法存活。所以，靜安一生所要尋求的補償方向很簡單，一方面，他希望自己成為一個「為中國文化所化之人」；另方面，希望自己以生命捍衛中國文化，一旦理想達不到時，唯有以死相送，以彌補其內心的缺憾。

正因為靜安內心有這一些心理上的凹陷，因此他藉由詞的藝術形式，自道相思之情，抒發等待落空的鬱悶，慨歎理想的孤懸難求，以彌補他對此一不美滿人生的情感上的需求。所以我們才會感覺到「吟到『人間』句便工」的道理，而此一「人間」就是他心裡意欲尋求補償的內心世界。以下即引錄靜安詞中具有特殊意義的「人間」詞句：

**人間**詞話

天與**人間**真富貴，來迎甲子歲朝春。（〈題御筆牡丹〉）

**人間**地獄真無間，死後泥洹枉自豪。（〈平生〉）

蠟淚窗前堆一寸，**人間**只有相思分。（〈蝶戀花〉）

自是浮生無可說，**人間**第一耽離別。（〈蝶戀花〉）

幾度燭花開又落，**人間**須信思量錯。（〈蝶戀花〉）

依舊**人間**，一夢鈞天只惘然。（〈減字木蘭花〉）

人間總是堪疑處，唯有茲疑不可疑。(〈鷓鴣天〉)

人間何地著猰狂。(〈浣谿沙〉)

人間夜色還如許。(〈蝶戀花〉)

人間顏色如塵土。(〈蝶戀花〉)

人間哀樂，者般零碎。(〈水龍吟〉)

又是人間酒醒夢回時。(〈虞美人〉)

人間何處有嚴霜。(〈浣谿沙〉)

人間精衛知何限。(〈蝶戀花〉)

人間孤憤最難平。(〈虞美人〉)

陋室風多青燈炧，中有千秋魂魄，似訴盡人間紛濁。(〈賀新郎〉)

當靜安使用「人間」第二意義時，其最常出現的感情，概可區分成四類：

### 1. 理想之追尋

追求理想是人類的基本要求之一。因為每一個生命在漫漫一生中的任何一個時刻，一顆心總是變動不居的，隨著浮生的許多目標與欲望，鞭策生命的腳步追索著這些需求的軌道而層層前進。對一個曾自詡「為中國文化所化之人」的人而言，其一生所拼力追求的理想，無異是冀求在傳統文化中實現自我與完成自我，達到協合一致的整體。如果因為不能充分實現自我而有缺憾，無疑地也是整個時代文化的缺憾，宇宙生命便因不夠周全而出現裂痕，靜安之投湖自沈即為一例。靜安置身於一思想文化急遽變動的紛擾時代裡，側身常左，志意難酬，在飽嘗人世憂患之後，其思想轉趨冥頑，因而他秉持執著求真的精神，在當時文化認同混亂的現象中，重新整治中國舊有的文化典籍，企圖以舊文化所遺之殘存價值以與新文化之流弊相抗衡。其頑強固執的心性，就像〈賀新郎〉一詞所表現：「陋室風多青燈炧，中有千秋魂魄，似訴盡人間紛濁」一般，怨極而無悔，祇是悲哀地嘆息：

「掩書涕淚苦無端，可憐衣帶爲誰寬？」〈浣谿沙〉最後終因無以扭轉時代文化的遽變，而成爲新舊文化夾縫下的犧牲者。以致他一生對人世始終抱持有一腔孤憤難平，有一種存疑難釋，僅以兩首詞代表說明：

> 杜鵑千里啼春晚，故國春心斷。海門空闊月瞠瞠，依舊素車白馬夜潮來。　山川城郭都非故，恩怨須臾誤。人間孤憤最難平，消得幾回潮落又潮生。（〈虞美人〉）

> 閣道風飄五丈旗，層樓突兀與雲齊。空餘明月連錢列，不照紅葩倒井披。　頻摸索，且攀躋。千門萬戶是耶非？人間總是堪疑處，惟有茲疑不可疑。（〈蝶戀花〉）

第一闋詞劈頭即有濃烈的悲劇意味，這是由於詞人在理想的追尋上受到挫傷，使他對春天的流逝別有一番殘缺之憾恨。「故國」是舊有文化的一種表徵，「春天」在四季的循環中，代表著新生與美好，在此則作爲理想的象徵。因此，瀕臨春天的流逝，加上人事景物的變動殊異，使詞人內心倍覺悲憤不已，感慨人間是一永無止境的追尋歷程。

　　第二闋詞的主題同樣是詠無盡之追尋。首二句從高度著力「閣道風飄五丈旗，層樓突兀與雲齊」，拉開現實與理想之間的距離，將理想推向無垠的高空。繼之以絕美的意象「明月」、「紅葩」隱喻理想之高不可攀，美不能擷。經過無盡的摸索，無窮的攀爬之後，對於攀躋所見之月光飾影，詞人開始懷疑內心的理想是否存在？對於登高所見之「千門萬戶」提出質疑，「人間」的索求不過一場虛幻，一如「醒後樓臺，與夢俱明滅」（〈點絳脣〉）！最後，經過個人生命的掙扎和反省之後，詞人有了新的肯定，「人間總是堪疑處，唯有茲疑不可疑」是全詞的重心，詞人肯定「人間」事事堪疑，唯有對理想之追尋爲不可疑，理想終究是存在的，祇是高不可攀躋，最後歸結此一疑問之癥結乃在永遠追尋之本身。是以「不須辛苦問虧成，一罍尊前了了見浮生」（〈虞美人〉），到頭來猶不免興嘆「依舊人間，一夢鈞天只惘然」（〈減字木蘭花〉）！

### 2. 相思之情

　　相思之情雖然是靜安詞中最常敘述的感情,但這份濃厚的相思之情,却是由於長相及現實環境的屈抑所造成。正因爲長相不夠俊美,因此濃厚的相思之情並沒有得到充分的稀釋,反而成爲他內心的一大缺憾。如〈蝶戀花〉一詞云:

　　　昨夜夢中多少恨。細馬香車,兩兩行相近。對面似憐人瘦
　　　損,眾中不惜搴帷問。　陌上輕雷聽隱轔,夢裡難從,覺
　　　後那堪訊。蠟淚窗前堆一寸,人間只有相思分。

全詞一開始即點明這是一個夢境,而且含藏著無限恨意在其中,咄咄逼人的態勢噴薄而出。殷情款曲的女子,一片情意似眞猶幻,令人難以捉摸,因爲女子的「不惜」之舉固屬可感,「似憐」一詞又令人覺其倨傲不可攀。下片以轔轔車聲比作雷聲,代表夢之幻滅。結語意象極其鮮明,正如蠟燭被自己的火焰所燃燒,詞人也被自己的相思熾情所煎熬,有一種決絕與執著的哀感。

　　展現於靜安筆下的人間相思,其實是有所等待的,這種有待幽怨的情懷很明顯地表現在字裡行間:

　　　皐蘭被徑,月底欄干閒獨凭。修竹娟娟,風裡時聞響佩環。
　　　蟯然深省,起踏中庭千個影。依舊人間,一夢鈞天只惘
　　　然。(〈減字木蘭花〉)

　　　獨向滄浪亭外路。六曲欄干,曲曲垂楊樹。展盡鵝黃千萬
　　　縷,月中併作濛濛霧。　一片流雲無覓處。雲裡疎星,不
　　　共雲流去。閒置小窗眞自誤,人間夜色還如許。(〈蝶戀花〉)

詞人以美麗的意象寫出內心掩抑幽微的相思之情,事實上,如詞裡所述,他的愛情是落空和隔絕的,其詞裡的人物常常囿限於一種無法掙脫的幽寂環境裡,不管那是一方清寂的小屋,還是一幢空曠的畫堂,無論那是一庭蘭徑飄香的院落,或是月明燈炧的一座妝樓,一股莫名的惆悵不由自主的浮生,明白的懷想顯現,在沉沉無盡期的生涯裡,那永不放棄的無言的等待始終持續著。因爲個人生命對於此無法忘情的痛苦人生有著太多的羈絆,爲太深的摯情所牽繫,遂不免陷溺於此

一「總道相思苦」（〈荷葉盃〉）的困境，自況感情是「郎似梅花儂似葉」（〈臨江仙〉）、「君似朝陽，妾似傾陽藿。但與百花相鬥作，君恩妾命原非薄」（〈蝶戀花〉）的熾熱堅貞，竟至於明白「屏却相思，近來知道都無益」（〈點絳脣〉），猶是無可奈何地面對「坐看畫樑雙燕乳，燕語呢喃，似惜人遲暮」（〈蝶戀花〉）的他物有所歸屬，而己身獨無依的難堪情境。

可惜，濃厚的相思之情總是因為時機的差錯，以致「區區情事總難符」（〈浣谿沙〉），反而使詞人沈緬於一不可自拔的怨抑情境裡，空自咀嚼著「客裡歡娛和睡減，年來哀樂與詞增，更緣何物遣孤燈？」（〈浣谿沙〉）的一份淒情，遂將一切怨懟仍然歸咎於此一不完滿的人世，慨嘆道：「幾度燭花開又落，人間須信思量錯。」（〈蝶戀花〉）由觀看燈蕊之被火焰燃燒，而頓然醒悟到相思計量之錯誤無益。

### 3. 離別之苦

「滿紙相思容易說，只愛年年離別」（〈清平樂〉）一句，使我們感覺到除了隔絕的相思之情外，離別之苦也是靜安內心凹陷的隱憂之一。因為離別使所有的等待，所有的盼望，可能完全惘然，整個空擲，所以靜安詞裡使用「人間」二字時所背負的另一種感情是悲傷離別。如〈蝶戀花〉詞云：

> 滿地霜華濃似雪。人語西風，瘦馬嘶殘月。一曲陽關渾未徹，車聲漸共歌聲咽。　換盡天涯芳草色，陌上深深，依舊年時轍。自是浮生無可說，人間第一耽離別。

這首詞主題是描述離別之愁苦。上片敷寫秋天早晨離別的景緻，「霜華」、「西風」、「馬嘶」、「殘月」等意象強化了凝重的悲傷氣息。「車聲漸共歌聲咽」有漸行漸遠漸無情的悲涼意味。下片仍沉浸於黯黯離愁中，「芳草」是一慣用的意象，一方面點出詞人對時序流轉之驟然醒察，給人希望更予人焦急感；另方面以無邊無際的芳草象徵著彼此之間的割離態勢，頗有「芳草無情，更在斜陽外」（借范仲淹〈蘇幕遮〉詞句）的怨責之意。陌上所遺的車痕，將過去和今日的景況作了

具體的連接，「深深」一語雙關，除了表示車痕之深外，又可表示憂傷之深沈。最後則以哲理化的口吻解釋人間最難解脫的情感束縛，開釋傷情。

悲傷離別，害怕離別，靜安對於「霎時送遠，經年怨別，鏡裡朱顏難駐。」（〈鵲橋仙〉）的恐懼，沈痛至極：「思量只有人間，年年征路，縱有恨，都無啼處。」（〈祝英臺近〉）甚至在相逢的歡愉時節也感到離別的陰影。這首〈蝶戀花〉就是這種心境的反應，詞云：

> 閱盡天涯離別苦。不道歸來，零落花如許。花底相看無一語，綠窗春與天俱暮。　待把相思燈下訴。一縷新歡，舊恨千千縷。最是人間留不住，朱顏辭鏡花辭樹。

此詞主題看似寫重聚的歡樂，但是骨子裡却壓迫著蝕骨的離愁別恨。離別原是扣人心弦的憂苦，重聚雖然帶來了歡樂，也勾起往昔別後種種恨望的回憶。是以眼前的歡娛剛一「淡入」，緊跟著昔日的悲哀隨即「溶出」，而在淡入與溶出相交重疊的一瞬間，便產生戲劇性的對峙。「暮」字具有雙重意義，是歲暮亦是人暮，詞人驚詫地發覺到戀人已不復昔日的美艷動人，不禁引發其內心的愧疚憾恨——「最是人間留不住，朱顏辭鏡花辭樹。」

生命的美好時刻若是皆能盡如人意，好好追尋理想，努力把握現在，並不怕歲月走逝，成為過去。令人憂懼的是美好時刻的徒然虛擲，在時間無情地蹂躪下，理想的懸隔，長久的等待，任誰都是難以釋懷，何況是情深一如靜安！無怪乎其總是在酒醒夢回之際，苦苦追憶「人間」！

### 4. 歲月之匆遽

亙古以來，人類對生命的態度，往往透過對時間的體悟以傳達。詞人藉由對時間逝去的吟咏嗟嘆，流露出個人敏銳的時間意識。靜安詞中對時間流逝的感慨，是含著悲切恨意的，尤其是臨春傷懷之際，油然而興一股「已恨年華留不住，爭知恨裡年華去」（〈蝶戀花〉）的遲暮感。而歲月仍是日復一日茫然地重複繼續，人是貧窘得無以排

遣,「坐覺無何消白日」(〈浣谿沙〉),遂陷入一種蒙昧乏力的情境,「坐覺清秋歸蕩蕩,眼看白日去昭昭,人間爭度漸長宵。」(〈浣谿沙〉)制圍於時間的巨掌之中,人間的一切存在就無法脫離生化變動遷移轉逝的命運,因而觸發詞人「今雨相看非舊雨,故鄉罕樂況他鄉,人間何地著疏狂?」(〈浣谿沙〉)一問。時間驅使四季不斷地替換生命的色彩,人間生、老、病、死的舞台也在時間的巨流裡快速地抽離轉易,如此一來,宇宙中恒常不易的事物究竟誰屬?這種對時間意識的省察思索,在這首〈蝶戀花〉裡作了深刻的情感投射:

> 辛苦錢塘江上水,日日西流,日日東趨海。兩岸越山澒洞裡,可能銷得英雄氣。　說與江潮應不至,潮落潮生,幾換人間世。千載荒臺麋鹿死,靈胥抱憤終何是?

以「流水」借喻時間,詩詞中最常習用,因為流水是自然景觀中最多變的因素之一,可以如萬馬般奔騰,可以如串珠似細流,可以清,也可以濁。但是以「流水」設喻,說明人在歷史長河中冲激掙扎的乏力感,靜安此詞堪稱獨步。一開始即設立一衝突情境,藉由流水之奔竄無由,說明人在歷史的激流中,要想尋找一折衷的位份,是不容易的。因為歷史的陳跡可以證明,經過時間的淘洗之後,一切終歸於湮沒無聞。在潮漲汐落的水流激濺裡,只餘下千古的悠悠悵恨。

　　流水是恒常不變的事物,滴水可以穿石,逝水也絕不回頭;時間亦然。時間是唯一永恒不易的事物,也是唯一使人間各種樣態不停變遷的因素,在汪洋無際時間巨流的背景下,人,更形渺小無依,而生命卻是極其短暫的。無怪乎靜安筆下時時流露一股深切的憤慨,說:「人間孤憤最難平,消得幾回潮落又潮生」(〈虞美人〉),只有意識到流水存在時,才明白自身的無奈。

　　時間本身幾乎無法理解,詞人將時間視作流水,不單只是二者存在著類比關係,主要目的是沈思流水與時間的關係,悟出一番哲理,找出人生的深層意義,在無涯涘的時間洪流裡找出路,但是,悲觀如靜安者,面對逝去的時間雖是淵默自持,仍不免于長吁短嗟:「最是人

間留不住，朱顏辭鏡花辭樹。」(〈蝶戀花〉) 飄忽的時間原不曾爲任何人所駐留，終其一生步隨競逐的結果，亦只能眼見時光在前方滔滔不絕的逝去，要想在生命的幽微裡尋求不易的人生洞見，確是不易！

綜合以上四點而論，展現在靜安詞中的「人間」是不美滿的，原因築基於他深受叔本華「人間苦」〔註 12〕哲學的影響。叔本華認爲人生一世間有如磨房中磨麥的驢子，慾求的誘惑雖舉目可見，却永遠探求不得，因而形成內心梗結的缺憾。靜安對此無法忘情的痛苦人生有著太多的憤懣與怨懟，諸如個人的身世之感，生存環境之憂，社會現象之慮，及文化變遷之患等等，一切深植於方寸之間，在在看出他的存在，在行動與思想上難於一致。所以詞中一再出現「人間」時，一方面發抒心裡不滿的情緒；另方面在潛意識裡却有「躲避」人世之意。此處強調其「躲避」人間，而不言「逃避」人間，因爲人一旦「逃避」人間就沒有生存之地，而「躲避」人間則是由於碰到某一種界限的情況，〔註 13〕致使內心產生糾結矛盾的情結，陷身其中而不克自拔。此即所以我們玩味靜安詞，每每「吟到『人間』句便工」的道理。

## 第二節　節奏之控馭

詞源於隋唐燕樂，又受民間曲調的影響，所以需配合音樂的節奏；詞是語言的藝術，所以含有語言的節奏。因此，詞的音樂性是以

---

〔註 12〕叔本華的悲觀主義，源自人的盲目意志所造成的人間苦 (Weltsmez)。他在《意志與表象的世界》一書裡指稱意志是「一切慾望的根源」，是「背負能視跛者的健壯盲人。」人間的痛苦，來自行動者與思想者的互相矛盾。引見註 6，頁 19。

〔註 13〕雅士培 (Carl Jaspers) 在所著《哲學》("*Philosophia*", 1932) 一書中談到界限情況 (Frontial Situation)：「當一個人遭遇矛盾、罪惡、痛苦或死亡的時刻；在這種情況下，人要質問自身存在的意義；在與他人交往時，人也提出相同的問題，因爲根本上人與他人的糾結是相互依存的。」參考 Bernard Delfgaeuw 著、傅佩榮譯，《二十世紀的哲學》，頁 64～65。

節奏〔註14〕爲基本要素。一般而言，構成節奏的要素有三：第一是音長，即聲音的長短；第二是音強，即聲音的強弱；第三是音高，即聲音的高低。此外，由於我國語言的特質是單音節，即一字一音，故可就每字發聲的強弱高低判別平上去入四聲，「平聲是長的，不升不降的；上去入三聲都是短的，或升或降的」。〔註15〕因此，四聲實爲支配聲調的樞機，「平仄遞用，也就是長短遞用，平調與升調或促調遞用」。〔註16〕所以，詞的節奏安排，事實上是掌握語音的長短和聲調的升、降、繁、促之特質，相互調適，產生亢揚沈抑、擊撞憂捺的音響效果。

故本章試圖由選調、聲調、句式、句法四方面，逐一探究靜安詞裡控馭節奏的表現。

## 一、選　調

詞以調爲主，詞人因題選調，最宜節節稱合。選調得當，其音節之抑揚亢墜，處處可以助發意趣。然而，各調的聲情各自殊異，或以疏快勝，或以綺麗勝，或以悲壯勝，或以幽咽淒涼勝，皆繫於詞調之取決。謝章鋌《賭棋山莊詞話》云：「塡詞亦宜選調，能爲作者增色，如詠物宜〈沁園春〉，敘事宜〈賀新郎〉，懷古宜〈望海潮〉，言情宜〈摸魚兒〉、〈長亭怨〉等。類各取其與題相稱，輒覺辭筆兼美，雖難拘以一律，然此亦倚聲家一作巧處也」。〔註17〕吳梅《詞學通論》亦

---

〔註14〕 劉燕富，〈詩與音樂〉云：「節奏，或稱「韻律」……是一種有規律，有次序又繼續不斷的活動……拿音樂來說，節奏是音的長短強弱定時起伏相諧相生的「流」，沒有這種「流」，音樂就不能引人動人……以詩來說，節奏是一種定期強勢法（Periodical emphasis），也是字音在聲音關係上的排列。詩中表現節奏，最顯明的是格律和韻腳，有了這些，詩才能抑揚、宛轉，均衡流暢，所以名詩人愛倫坡（Allen Poe）說：『詩是美的韻律的創造。』」《幼獅文藝》一八六期。

〔註15〕 王力，《詩詞曲作法研究》，頁6。

〔註16〕 同上註，頁7。

〔註17〕 清・謝章鋌，《賭棋山莊集詞話》三，《詞話叢編》冊十，頁3338。

析論云：「凡題意寬大，宜抒寫胸襟者，當用長調。……若題意纖仄，模山範水者，當用小令或中調」。〔註18〕即說明填詞選調的重要性，影響作品至深且鉅，故當求其表裡一致，不得乖舛。

　　靜安詞傳世一百一十五闋，所選用的詞調總計三十八調，其中泰半爲小令而鮮慢詞。〔註19〕小令中尤以〈蝶戀花〉二十五闋，及〈浣谿沙〉二十三闋填製最夥，率多聲情諧美之作。而慢詞祇有十三闋（占全詞的百分之十一），其餘各調大都只有一闋，多者不過五、六闋而已。茲引錄靜安所用詞調於下，以見其選調之一斑：

| | | | |
|---|---|---|---|
| 如夢令 | 一闋 | 鵲橋仙 | 二闋 |
| 浣溪沙 | 二三闋 | 減字木蘭花 | 二闋 |
| 臨江仙 | 二闋 | 賀新郎 | 一闋 |
| 好事近 | 二闋 | 人月圓 | 一闋 |
| 採桑子 | 一闋 | 卜算子 | 一闋 |
| 西河 | 一闋 | 八聲甘州 | 一闋 |
| 摸魚兒 | 一闋 | 南歌子 | 一闋 |
| 蝶戀花 | 二五闋 | 荷葉杯 | 六闋 |
| 鷓鴣天 | 四闋 | 水龍吟 | 一闋 |
| 點絳脣 | 六闋 | 掃花游 | 一闋 |
| 踏莎行 | 二闋 | 祝英臺近 | 一闋 |
| 清平樂 | 四闋 | 虞美人 | 四闋 |
| 青玉案 | 二闋 | 菩薩蠻 | 五闋 |
| 滿庭芳 | 一闋 | 應天長 | 一闋 |
| 玉樓春 | 二闋 | 喜遷鶯 | 一闋 |
| 阮郎歸 | 二闋 | 齊天樂 | 一闋 |
| 醉落魄 | 一闋 | 少年游 | 一闋 |
| 百字令 | 一闋 | 謁金門 | 一闋 |
| 霜花腴 | 一闋 | 蘇幕遮 | 一闋 |

〔註18〕見第五章〈作法〉，頁42。
〔註19〕小令、慢詞之分悉依王力的分類標準。詳見註15，頁520。

　　由上表統計所示，靜安在選詞方面有一大特色：偏於小令而少慢詞。這點與其論詞的觀點不謀而合。《人間詞話》五九則云：

　　　近體詩體製，以五七言絕句爲最尊，律詩次之，排律最下。蓋此體於寄興言情，兩無所當，殆有均之駢體文耳。詞中小令如絕句，長調似律詩，其長調之〈百字令〉、〈沁園春〉等，則近於排律矣。

詞中小令如唐絕句，以節奏明快見長，能將眼前景、心底情，一氣呵成，宣達情境，致收言有盡而意無窮之效。靜安詞一百一十五闋中，〈蝶戀花〉一調合計塡寫二十五闋（占全詞的百分之二十二），足見其對此一藝術形式的欣賞，不獨具有感情上之偏嗜，同時也有理論上之依憑。

　　獨擅小令，固然是靜安詞作的一大特色，然而小令之中靜安尤其擅長於作「決絕語」。所謂作「決絕語」，就是把奔放熱烈的情感，直接了當地吐露出來。因爲小令體製短小，造句特別要求凝鍊，尤其結句更要不妨說盡而愈無盡。結句高妙，直接映帶全詞更加光采；結句不好，前文的美意也會爲之減色。所以結句往往是小令的關鍵所繫，正與絕句詩相似。試以〈浣谿沙〉此一詞調舉例說明如下：

　　　霜落千林木葉丹，遠山如在有無間，經秋何事亦屛顏？　且
　　　向田家拼泥飲，聊從卜肆憩征鞍，只應游戲在塵寰。

一般絕句的作法，第三句要轉，第四句宜收，所以〈浣谿沙〉末句七字要抵得絕句的第三、第四兩句；換言之，結句七字要能做到即轉即收，才算稱職。這首詞主題描寫羈旅在外，顚沛困頓之苦。猶如人生一世間，無可奈何地流離於時空既定的軌道，對於悲苦只是一味的沈陷和耽溺。「只應游戲在塵寰」一句沈鬱至極，「應」字尤其強化詞人對生命的那份執迷不悟的深情，全句並能做到即轉即收之妙。全詞無一情語，完全藉由形象烘托隱而不言的抽象情感，孕含不盡的悲怨。

　　他如：

　　　陌上金丸看落羽，閨中素手試調醯，今朝歡宴勝平時。（〈浣
　　　谿沙〉）

結句以對比法，對照出二種哀樂不同的情形：一方是無辜罹患的冤苦；一方是殺掠快意的歡欣，喻示生存掙扎之苦辛。

又如：

> 客裡歡娛和睡減，年來哀樂與詞增，更緣何物遣孤燈？（〈浣溪沙〉）

結句以迴盪法，將詞境再次翻騰波湧，詞人胸中盤結著極度的悲苦哀愁，也就通過鬱勃迴盪的手法，一筆淡出，却又用問句融入，更加撩人愁思。凡此皆可見出小令易成難巧之處。

## 二、聲　調

詞本依聲而製曲，北宋自柳永之教坊新腔，至周邦彥之大晟度曲，無論雅俗，務求審音協律。南宋偏安江左，文人才士習於苟安之局，聯吟結社，放意聲辭；達官富豪，廣蓄歌妓，競試新聲，音律益究精微。沈義父《樂府指迷》云：「音律欲其協，不協則成長短之詩」。〔註20〕影響所及，從而十分講究音律，不獨要區分平仄，並且嚴守四聲，一字乖偶，則不合律。加以詞調每一闋聲情固定，如〈滿江紅〉、〈賀新郎〉、〈念奴嬌〉等音調高亢激越，宜于歌慷慨激昂之音；〈浣溪沙〉、〈蝶戀花〉等聲調和雅甜美，音節宛轉柔麗，宜于抒情繪景，凡此皆必須選擇適當的詞調，配合字音的平仄，表現出抑揚頓挫的感情，才能使聲情相稱。詞的音律因此比詩更加繁富綺麗，如「陽聲字多則沈頓，陰聲字多則激昂，重陽間一陰則柔而不靡，重陰間一陽則高而不危」。〔註21〕有關聲調的問題，萬樹《詞律‧發凡》論之甚詳，其云：

> 夫一調有一調之風度聲響，若上去互易，則調不振起，便成落腔。……蓋上聲舒徐和軟，其腔低；去聲激厲勁遠，其腔高，配用之，方能抑揚有致。……更有一要訣曰：名詞轉折跌宕處，多用去聲。何也？三聲之中，上入二者可

〔註20〕宋‧沈義父，《樂府指迷》，《詞話叢編》冊一，頁229。
〔註21〕清‧周濟，〈宋四家詞選目錄序論〉，《詞話叢編》冊五，頁1633。

以作平，去則獨異。故余嘗竊謂論聲雖以一平對三仄，論歌則當以去對平上入聲也。當用去者，非去則激不起，用入且不可，斷斷勿用平上也。（十二條）

〈發凡〉十四條又云：

入之派入三聲，爲曲言之也。然詞曲一理，今詞中之作平者，比比而是，以上作平者更多，難以條舉。作者不可因其用入是仄聲，而塡作上去也。且有以入叶上者，不用去；以入叶去者，不可用上，亦須知之。〔註22〕

由是知，平上去入四聲的辨識，各具有學理上和經驗上的根據，務求「字字敲打得響，歌誦妥溜」，〔註23〕庶不失其矩矱。

靜安詞中共使用詞調三十八調，其中二十二調只使用一次，故此，暫不以這些詞調來論較聲律，至於用來比較的詞調，必須是名稱相同、長短及分句形式相同的詞。在靜安詞中十六闋有詞二首以上的詞調中，長短及分句形式均相同，這些詞百分之八十都是平仄協律的，證明靜安仍是相當注意審辨詞的平仄。並且，在靜安詞集中，用同一詞調而結句字數相同的詞，百分之七十都緊守平仄格律。如〈菩薩蠻〉之譜例：（旁譜說明：「─」表平聲，「│」表仄聲，「┬」表平聲可以作仄，「┴」表仄聲可以作平。）

回廊小立秋將半，婆娑樹影當階亂。高樹是東家，月華籠
┴─┬│──│　┬─┬┬──│　┬││──　┴──
露華。　　碧闌干十二，都作迴腸字。獨有倚闌人，斷腸君
│─　　　┬──│││　┴│─│　┬││──
不聞。
│─

此闋雙調四十四字，本唐教坊名曲。蘇鶚《杜陽雜編》云：「大中初，女蠻國入貢。其國人危髻金冠，瓔珞被體，號菩薩蠻。當時倡優遂製菩薩蠻曲，文士亦往往聲其詞。」此調上下片各四句，由兩個七言句，

〔註22〕清・萬樹，《索引本詞律・發凡》。
〔註23〕宋・張炎，《詞源・字面》，《詞話叢編》冊一，頁206。

六個五言句組成，幾近於唐代近體詩，句調勻整。每兩句一換韻，各片首二句用仄韻，三、四句換用本韻，聲情諧婉，層次分明。在小令中算是用韻最密，也是換韻最多的一調。雖然用韻甚密且多轉換，但全首用五、七言整齊字句，聲情仍偏平和，因此五代北宋人填此調多寫閨房兒女之情。

　　全詞描述一女子佇立高閣徘徊思君之情。上片寫景，以「高樹」設喻，而樹影零亂象徵內心迷離交錯的複雜情懷。「回廊小立」、「月華籠露華」激盪著矛盾的心情，宛似李白〈玉階怨〉：「玉階生白露，夜久侵羅襪，却下水晶簾，玲瓏望秋月。」一詩之境。下片承「回廊小立」而來，以隱喻手法帶出女子千迴百折之蜜意芳心，傷而不怨。全詞結構縝密細緻，語意曲深委婉。靜安填此調大都謹守平仄格律，尤其是結句，如「數聲柔艣枝」、「打窗聞落花」、「綠窗紗半明」等，都作「仄平平仄平」拗句。詞體初起時，與音樂關係淵源深密，因此注意字聲的配搭，更有助於音節的鏗鏘，而結句尤為音節關鍵，勢必多加著意於此。

　　又有些詞的結句不但緊守平仄，而且還緊守陰平與陽平。例如〈臨江仙〉二首的結句（旁譜說明：「一'」表陰平，「一"」表陽平，「｜」表仄聲。）

　　獨擁最高層

　　｜｜｜一'一"

　　只是葉生遲

　　｜｜｜｜一'一"

　　同時，靜安也注意入聲的運用，在同一首詞中，上片用入聲之處，下片相應處也用入聲。例如

　　1. 帶霜宮**闕**日初昇

　　　更緣何**物**遣孤燈（〈浣谿沙〉）

　　2. 琱弓聲**急**馬如飛

　　　一生須**惜**少年時（〈浣谿沙〉）

3. **一**塔枕孤城

  **獨**擁最高層　(〈臨江仙〉)

4. 萬騎**月**中嘶

  只是**葉**生遲　(〈臨江仙〉)

入聲字短促而勁直，最易造成詞中節奏頓挫之感，〔註24〕尤其在一聯
的結句押入聲韻，如

5. 車聲漸共歌聲**咽**

  人間第一耽離**別**　(〈蝶戀花〉)

聲情至此一頓，詘然而止，別饒「言有盡而意無窮」之致，令人心緊
促悵惘。

　　此外，靜安詞裡有時順應情感的需要，不惜役「聲」以順「情」，
平仄的安排不免躍出正常的格律，而造成拗格。僅以〈少年游〉一詞
之譜例說明如下：

　　垂楊門外，疎燈影裡，上馬帽簷斜。紫陌霜濃，青松月冷，

　　——　—｜　　——｜｜　　｜｜｜——　　｜｜——　——｜｜

　　炬火散林鴉。　　酒醒起看西窗上，翠竹影交加。跌宕歌詞，

　　｜｜｜——　　　｜—｜｜——｜　　｜｜｜——　—｜——

　　縱橫書卷，不與遣年華。

　　———｜　　｜｜｜——

此調以晏殊《珠玉集》有句「長似少年游」，取以爲名。於體例上最
爲參差，靜安乃從姜夔體，雙調五十一字，上片六句兩平韻，下片
五句兩平韻。上片一、二句格律適正相反，以醉眼觀看自然景象，
不免顛倒反逆，似是隱喻醉酒之情趣。第三句用三仄聲二平聲，頭
重腳輕一如醉後姿態。下片首句以「｜—｜｜——｜」聲調，烘托
出酒意初消後，沈思人間滋味的低宕鬱抑的詞意，貼切其情。「縱橫
書卷」以三平一仄在尾音處扣住其情，將內心志不得伸的索落無奈，

---

〔註24〕清・況周頤，《蕙風詞話》卷一：「入聲字於塡詞最爲適用，付之歌
　　　喉，上去不可通作，唯入聲可融入上去聲。……入聲字用得好，尤
　　　覺峭勁娟雋。」《蕙風詞話、人間詞話》合刊本，頁13。

聲如其情地曲盡而出。結句同樣使用「仄仄仄平平」（此一格律於此調中重複四次出現），以相同之聲調將悒鬱悵恨之情作一決絕的終結。通觀全詞，有影、月、酒、翠、不等字宜平，靜安刻意以仄代平，仄聲字音重，振動幅度強勁而持久，適足以傳達內心沈湎低迴的難耐情緒。是以，這類為因應特殊的情感表現，而躍出正常格律的拗句，雖拗猶諧。

# 三、句　式

　　句式是句中字的安排，含有意義的形式及音節的形式二種。在意義的形式上，詞由近體詩追琢變化而來，通常唐五代詞的五言句的意義節奏與音樂節奏都是 2／3，七言句是 4／3，靜安素好五代詞，兼擅小令之作，故句式仍多沿其舊而少變化。然在整齊中，亦時見變化之姿，致使詞中節奏靈動生新。例如傳統的近體詩及小令的四言句的意義形式通常是 2／2，在靜安詞中亦見 1／3 形式的

　　　　起／淪龍團（〈蝶戀花〉）

　　　　陡／憶今朝（〈醉落魄〉）

　　唐五代詞及敦煌曲子詞中的五言句的意義形式極少是 1／4，

〔註25〕而在靜安詞中，由於依循詞調之慣例，時見這種形式，如

　　　　正／霧淡煙收（〈掃花游〉）

　　　　又／萬家爆竹（〈八聲甘州〉）

此外，靜安亦謹守譜例，同時出現於一闋詞上下片的最後一句。例如〈好事近〉二首

　　1. 浸／萬家鴛瓦

　　　　數／梧桐葉下

　　2. 是／人間滋味

　　　　望／紅塵一騎

---

〔註25〕1／4 形式的五言句在唐五代詞較少出現，可見者僅「漫／留羅帶結」、「對／淑景誰同」、及「見／墜香千片」等數例，詳見林大椿，《唐五代詞》，頁 182、207 及 302。

靜安詞中的六言句多是 2／2／2 的形式，且多以對句的形式出現。如

　　1. 落葉／瑤階／狼藉

　　　高樹／露華／凝碧（〈謁金門〉）

　　2. 點滴／空階／疎雨

　　　迢遞／嚴城／更鼓（〈如夢令〉）

　　靜安詞中的七言句除了常見的 4／3 意義形式外，3／4 形式的句子較少。如〈蝶戀花〉

　　　綠窗春／與天俱暮

在某些情況下，3／4 形式亦可讀成 1／6 的意義形式。例如〈賀新郎〉詞調之慣例是

　　　似訴盡／人間紛濁

亦可讀成

　　　似／訴盡人間紛濁

這是由於六言句本身的節奏停頓於第二、四、六字，亦即七言句之第三、五、七字之故。

　　靜安詞中少數七言句的意義形式包括有兩大停頓，一類是 2／5 形式，如〈蝶戀花〉

　　　又是／簾纖春雨暗

較特殊的是 3／1／3 的形式，如〈浣谿沙〉

　　　可憐身／是／眼中人

以對峙的意義形式，比況詞人面對宇宙人世而萌生「去之既有所不忍，就之又有所不能」的矛盾情結。

　　八言句的意義形式一般是 3／5，在靜安詞中依譜例有 1／7 形式出現。如〈八聲甘州〉

　　　直／青山缺處是孤城

這類 1／7 形式的八言句，其實是一字逗與一個普通 4／3 形式七言句的合併。

　　至於九言句的意義形式一般作 4／5 或 5／4，而在靜安詞中也有

2／7 的形式。如

　　　又是／人間酒醒夢回時（〈虞美人〉）

　　靜安詞中這些比較凸出的句式，或謹守譜例，或躍出常律，有時確是能將詞中的意象表現得更深刻。如〈虞美人〉

　　　依舊／素車白馬夜潮來

這是二言句「依舊」與普通七言句「素車白馬夜潮來」的組合。「素」句本身意義完整，由歷史典故「素車白馬」，〔註26〕與自然現象的潮漲潮落，表達內心不平的孤憤。而「依舊」二字加置於句前，後面跟著一個節奏上的停頓，遂使內心的孤憤顯得更加深切與莫可奈何。

　　意義的形式要求變化，結構才能靈動活潑，不致流於刻板。至於音節的形式，則有單、雙二式的分別。一句中凡屬三、五、七等奇數字形式者，謂之單式句，唯類如五字句作 1／4 形式者除外；反之，凡屬於二、四、六等偶數字形式者，謂之雙式句，唯類如八字句作 3／5 形式者除外。單式句先抑後揚，故聲情健捷激裊；雙式句先揚後抑，故聲情平穩舒緩。單雙句式互相配搭，是詞中以聲調之長短快慢見出節奏之抑揚頓挫的要素。若一詞調純用單式句，則節奏顯得流利快速；如純用雙式句，則節奏顯得重墜緩慢；單、雙句式配合勻整，則節奏屈伸變化自如，韻致諧美。

　　靜安詞一百一十五闋中，選調時單式句多於雙式句，占全部的百分之七十七，其中純用單式句的，計有三十五闋。這點與一般詞家迥不相侔，因為靜安擅長填小令，而小令受近體詩影響，所以單式句較多。如〈浣谿沙〉二十三闋、〈虞美人〉四闋全部使用單式句，節奏暢快伶俐，流貫直下。茲舉〈浣谿沙〉一例說明之：

　　　已落芙蓉并葉凋，半枯蕭艾過牆高，日斜孤館易魂銷。　　坐
　　覺清秋歸蕩蕩，眼看白日去昭昭，人間爭度漸長宵。

此詞上下片各三句，純用單式句，節奏短促激健，一氣呵成。由外界景物的蕭索枯零，感於時節昭昭逝去，渺小的個人面對浩瀚無垠的時

―――――――――――――――

〔註26〕「素車白馬」用伍子胥事，詳見《吳越春秋》卷五。

空，除却浮遊人世外，事事堪嗟。靜安詞中多思深意沈之作，但却以健捷之筆繹出，筆鋒蘊蓄促藏斂抑之旨，形成其個人的獨特風格。

至於句式上雙多單少的組合，在靜安詞裡僅佔百分之十九，這種情形大多數出現於慢詞，在音律節奏上具有舒徐紆緩的特色，最宜於抒發細緻要渺之情。如〈滿庭芳〉一詞：

> 水抱孤城，雪開遠戍，垂柳點點棲鴉。晚潮初落，殘日漾平沙。白鳥悠悠自去，汀州外，無限蒹葭。西風起，飛花如雪，冉冉去帆斜。　天涯還憶舊，香塵隨馬，明月窺車。漸秋風鏡裏，暗換年華。縱使長條無恙，重來處，攀折堪嗟。人何許？朱樓一角，寂寞倚殘霞。

此詞二十二句，雙式十五句，都是四言或六言；單式七句，都是三言或五言，句式諧整。在雙式句偏多的組合中，穿插少許輕快流暢的節奏，使得全詞不致於抗墜板滯，而有轉折生新之效。這種以平緩和婉爲主流的節奏，適足以傳達翛然物外、芳思悱惻的詞境。

在句式上，靜安謹守詞調的慣例，偶爾在整齊中求變化，並融入個人的眞性情，賦予意義、音節等形式以鮮活靈轉的生命律動，使詞調中的情感得到恰如其分地暢發，達到聲情和諧的境地。

# 四、句　法

句法是指句中字的使用，也就是一句中字彙詞藻的組織形態，在詞裡能夠產生舒快頓挫的音樂效果，足以影響詞裡節奏的表現。以下即列舉靜安詞中最常出現的句法形態，及所造成的節奏效果分析如下：

## （一）疊　字

疊字又名重言，是以兩個相同的字來摹擬物形或物聲，[註27]既可以貼切地傳達語義，又可使聲律諧暢，加強節奏感的示意作用。試看靜安詞中疊字的使用，如

---

〔註27〕詳見黃永武，《中國詩學・設計篇》，頁191。

　　啞啞南飛鵲。(〈醉落魄〉)

　　舞落遲遲紅日。(〈摸魚兒〉)

　　人寂寂，夜厭厭。(〈鷓鴣天〉)

　　區區情事總難符。(〈浣谿沙〉)

　　裊裊鞭絲衝落絮。(〈蝶戀花〉)

　　的的銀釭無限意。(〈清平樂〉)

　　過眼韶華真草草。(〈玉樓春〉)

　　人迢迢紫塞千里。(〈西河〉)

　　一霎尊前了了見浮生。(〈虞美人〉)

　　沈沈戍鼓，蕭蕭廄馬。(〈鵲橋仙〉)

　　慣曳長裾，不作纖纖步。(〈蝶戀花〉)

　　衰柳毿毿，尚弄鵝黃影。(〈蝶戀花〉)

　　西風吹斷，伴燈花、搖搖欲墜。(〈西河〉)

　　坐覺清秋歸蕩蕩，眼看白日去昭昭。(〈浣谿沙〉)

　　月中薄霧漫漫白，橋外漁燈點點青。(〈鷓鴣天〉)

　　離離長柄垂天斗，隱隱輕雷隔巷車。(〈鷓鴣天〉)

靜安詞中這類的疊字很多，共計使用六十二組不同的疊字，總計出現
九十八次，其特色是：百分之十九的疊字只出現兩次，百分之六十五
只出現過一次。重複最多的疊字，如：沈沈（五次）、年年（四次）、
草草（四次）、深深（三次）等，或曲盡其內心深沈之悲鬱，或慨嘆
時空流轉之倏忽，予人一種茫茫無所憑式之感，各有其隱而不露之言
含藏於絃響之外。

　　疊字在句中不同位置出現，可營醞不同的效果。例如〈浣谿沙〉
詞中

　　坐覺清秋歸蕩蕩，

　　眼看白日去昭昭。

二句在聽覺上有流蕩不盡之意，在視覺上更有開闊無窮之境。尤其「昭

昭」出現於句末的韻腳上，形成一個停頓，這短而無形的停頓，將詞人內心憫時悲天、坐對時空替換而無力扭轉的無奈心境，表達得更深刻。義同「過眼韶華眞草草」（〈玉樓春〉）一句，不僅達到聲義合一的效果，無形中更加強了節奏的和諧與旋律的暢滑。

　　當疊字在一句的中間位置出現時，效果又不一。例如〈點絳脣〉詞中

　　　　波逐流雲，棹歌裊裊凌波去。

「波逐流雲」只是一般性的行船態勢之形容，而「裊裊」二字，在聲音平緩的行進中，突然出現，擬如聲音之悠揚清越，然後聲息漸漸淡出。以之表現船歌縣邈長揚而去的景象，傳神而貼切，並收起伏頓挫之美。

　　當疊字出現於一組平行句中時，所造成的節奏感更強烈。例如〈鵲橋仙〉詞中

　　　　沈沈戍鼓，
　　　　蕭蕭廏馬。

疊字「沈沈」首先激盪我們的情緒，「蕭蕭」的出現更給人一種寒瑟蒼莽的感覺。「蕭蕭」有強化及回應「沈沈」的效能。這二個平行句子的節奏都是 2／2，把疊字放在平行句子的前列，就如音樂中兩個輕拍子與重拍子交替重複出現。輕拍子的疊字刻露重拍子的自然景物，由輕音節跌蕩入強而緩的重音節，造成蒼涼而悲壯的音效，似訴盡詞人有家歸不得的悵惘情懷，充滿無奈與凄清。

　　綜合以上靜安詞中疊字的安排，疊字若能運用得靈妙，確乎可以達到摹景入神、天籟自鳴的勝境。

## （二）複　字

　　除了疊字外，靜安亦擅長於重複使用某一字，例如「潮落潮生」、「江南江北」之類。這類詞牽涉到一字的兩次重複，因此，可以看作是疊字的擴大運用，但它們所營醞的效果，往往比疊字更深更強。例如〈蝶戀花〉

　　妾意苦專君苦博，君似朝陽，妾似傾陽藿。

三句圍繞著二人的關係作一比較。第一句重複「苦」字與「專」及「博」
相配，斷然劃分二人處理情感的態勢，「苦」字也強化詞人內心晦澀
難言的心境。二、三句中重複「似」字，用比擬手法刻劃二人的關係：
太陽普照百花，而百花中之藿花一心一意向著太陽，毫不轉移。意象
極其柔美，在意義上則形成強烈的對比，反襯出第一句重複「苦」字
所著意點明的內在哀愁。上下各自重複用字的結果，在增強悲與美的
同時，構成一種尖銳的矛盾衝突，最後則濃化了下一句的悲涼意味——
——但與百花相鬥作，君恩妾命原非薄。

　　其他類似的重複句，如

　　半是餘溫半淚。（〈好事近〉）

　　朝朝含笑復含顰。（〈踏莎行〉）

　　朱顏辭鏡花辭樹。（〈蝶戀花〉）

　　幾度尋春春不遇。（〈蝶戀花〉）

　　若是春歸歸合早。（〈蝶戀花〉）

　　見說他生，又恐他生誤。（〈蝶戀花〉）

　　杜鵑千里啼春晚，故國春心斷。（〈虞美人〉）

　　高峽流雲，人隨飛鳥穿雲去。（〈點絳脣〉）

　　已恨年華留不住，爭知恨裏年華去。（〈蝶戀花〉）

　　封侯覓得也尋常，何況是封侯無據。（〈鵲橋仙〉）

　　六曲闌干，曲曲垂楊樹。（〈蝶戀花〉）

　　人間總是堪疑處，唯有茲疑不可疑。（〈鷓鴣天〉）

　　說與江潮應不至，潮落潮生，幾換人間世。（〈蝶戀花〉）

以上諸例，或在一句之內出現重複字，或以一韻爲單位，重複出現某
一字或詞，甚且在一韻中有重複三次出現的字。重複句不同於疊字
句，在節奏上距離拉長，使得前後呼應貫串，頓挫的效果更形明朗而
強烈。如

春到臨春花正嫵。遲日闌干，蜂蝶飛無數。誰遣一春拋却
去，馬蹄日日章臺路。　幾度尋春春不遇。不見春來，那
識春歸處。斜日晚風楊柳渚，馬頭何處無飛絮？（〈蝶戀花〉）

一闋詞中同時出現七個「春」字，在循環複沓的旋律中，以實事虛寫、
虛事實寫的手法，抒發內心強烈濃郁的傷春之情，把那種縈繞低迴的
情思完全剖露出來。

靜安詞中另有一種較爲特殊的重複句，是在一闋詞中一再重複某
一句型，排比同一語氣的句子，以〈阮郎歸〉、〈探桑子〉最爲顯著。

美人消息隔重關，川途彎復彎。沈沈空翠壓征鞍，馬前山
復山。　濃潑黛，緩拖鬟，當年看復看。只餘眉樣在人間，
相逢艱復艱。（〈阮郎歸〉）

高城鼓動蘭釭炧，睡也還醒，醉也還醒，忽聽孤鴻三兩聲。
　人生只似風前絮，歡也零星，悲也零星，都作連江點點
萍。（〈探桑子〉）

在反覆縣延的旋律中，一再地連聲重嘆。藉著節奏的低盪紆迴，意蘊
漸次翻新，層層湧出，將內在宛轉迂曲、念茲在茲的情思復現出來。

綜合以上靜安詞中重複句的探討可知，若於詞中善加運用重複
句，詞人內心的情思，受到複叠節奏的催化，自然能夠達到情盛詞練
的境地，令人唱歎無窮。

## （三）對　句

沈雄《古今詞話》云：「對句易於言景，難於言情，且開放則中
多迂濫，收整則結無意緒，對句要非死句也」。﹝註28﹞是知詞中對句
應用佳妙之不易。由於詞的形式長短不一，較不易於形成對句，故詞
中對偶未若詩般嚴謹，後者對句的兩聯必須平仄相對、語義相對、詞
性相對；但詞則不同，只要相連的兩句字數相等便可能形成對句，通
常不拘平仄，平仄相同的字也可以相對。﹝註29﹞故此，在靜安詞中常

﹝註28﹞ 清・沈雄，《古今詞話・詞品》上卷，《詞話叢編》冊三，頁837。
﹝註29﹞ 同註15，頁651～655。

見平仄相同的對句。如

月中楊柳，水邊樓閣。(〈青玉案〉)

｜－－｜　　｜－－｜

沈沈戍鼓，蕭蕭廐馬。(〈鵲橋仙〉)

－－｜｜　　－－｜｜

偶而，平仄相同，重複同一字，却造成二種不同情境亦可相對。如

閒中心事，忙中情味。(〈青玉案〉)

－－－｜　　－－－｜

書城空擁，愁城難落。(〈賀新郎〉)

－－－｜　　－－－｜

　　以對句的長短而言，靜安詞中最常出現七言對句（占全部對句的百分之四十五），此與其擅長寫小令不無關係。茲擇要於下以見其概：

且向田家拼泥飲，聊從卜肆憩征鞍。(〈浣谿沙〉)

疎鐘暝直亂峯回，孤僧曉度寒谿去。(〈踏莎行〉)

猛雨自隨汀雁落，濕雲常與暮鴉寒。(〈浣谿沙〉)

靜聽斑騅深巷裡，坐看飛鳥鏡屏中。(〈浣谿沙〉)

今雨相看非舊雨，故鄉罕樂況他鄉。(〈浣谿沙〉)

夾岸鷺花遮日裡，歸船簫鼓夕陽間。(〈浣谿沙〉)

客裡歡娛和睡減，年來哀樂與詞增。(〈浣谿沙〉)

天公倍放月嬋娟，人間解與春游冶。(〈踏莎行〉)

空餘明月連錢列，不照紅葩倒井披。(〈鷓鴣天〉)

傾殘玉椀難成醉，滴盡銅壺不解眠。(〈鷓鴣天〉)

離離長柄垂天斗，隱隱輕雷隔巷車。(〈鷓鴣天〉)

上列各例有一特徵：由於小令受近體詩的影響，所有七言對句的節奏全部是 4／3 形式，所以不僅對仗十分工麗精巧，節奏亦力求和諧圓整，增加詞中流美之致，令人不覺其為對句。

　　此外，靜安詞中亦多四字對、三字對、五字對、六字對。如

頻摸索，且攀躋。(〈鷓鴣天〉)

秋雨霽，晃煙拖。(〈喜遷鶯〉)

水抱孤城，雪開遠戍。(〈滿庭芳〉)

紫陌霜濃，青松月冷。(〈少年游〉)

乍響瑤階，旋穿繡闥。(〈齊天樂〉)

烏鵲無聲，魚龍不夜。(〈踏莎行〉)

千屯沙上暗，萬騎月中嘶。(〈臨江仙〉)

羅韈悄無塵，金屋渾難貯。(〈卜算子〉)

落葉瑤階狼藉，高樹露華凝碧。(〈謁金門〉)

點滴空階疎雨，迢遞嚴城更鼓。(〈如夢令〉)

或洗鍊鍼密，或醇雅清麗，一皆精妙細緻，並無緩滯不暢之弊，足見靜安用力之勤，凡是詞中需用對句處，都能力求屬對工整，增益詞境之美。

# 第四章　內容篇

　　任何文學作品，內容是作者個人思想情感的投射，《文心雕龍‧體性篇》云：「情動而言形，理發而文現。」又〈附會篇〉云：「必以情志為神明，事義為骨髓。」而在〈情采篇〉則云：「聖賢書契，總稱文章，非采而何？夫水性虛而淪漪結，木體實而花萼振，文附質也。虎豹無文，則鞹同犬羊，犀兕有皮，而色資丹漆，質待文也。」正是說明包括感情、思想的內容是文學作品主要的素質、骨髓，而內容又須藉形式來表現，如無形式，則無由表現內涵之美。是以成功的文學作品，必得同時兼顧內容與形式，即融合內外而完成創作，表達深刻的意境。

　　雖然，論者以為詞由于受篇幅的限制，不能普遍描寫深刻的主題和意境，也不宜敘述複雜的事實及情緒，取材上就顯得未免狹隘、貧乏，脫離不了個人經驗範圍的小圈圈。〔註1〕但是，透過作品却能夠讓我們真正體認到詞人存在於方寸之內的思想觀念、言行志節。因為作品本身是最後也是最高的評價標準，詞人必然以其最真實的感情，描寫最真實的景物，創作最高境界的作品，傳唱千古。詹安泰曾云：

　　　　蓋我國士大夫，素以詞為末技小道，其或情意不能自遏，
　　　　不敢宣諸詩文，每于詞中發洩之。此種不容不言而又不容

─────────────
〔註1〕見胡雲翼，《宋詞研究》上篇之九〈宋詞之弊〉，頁7。

> 明言之情意，最爲眞實，其人之眞性情、眞品格，胥可于
> 是觀之焉。〔註2〕

　　靜安詞的內容包括有相思、別情、詠懷、詠物、酬贈等情感的表現，本文主要就悲苦的別情、濃郁的相思、節序詠懷三類探述之，三者每有融通之處，但爲了便于討論仍予以分類。至於靜安詞中更大、更普遍的主題是憂生憫世之情，於形式篇談「人間」詮釋一文中已專題討論，不另贅述。另外，靜安有七首詠物詞，亦別立一節探究之。

## 第一節　悲苦的別情

　　傷離遠別之情是靜安詞裡常常出現的主題之一，這種離情別苦的抒發，其實是一種象徵，表示一切美好的事物瞬即成爲過去。〔註3〕因爲別離使所有的等待，所有的盼望，可能完全落空，整個虛擲。所以，靜安詞中離別之情，往往使用較爲凄苦的濃烈筆調繹出。如

> 月初殘，門小掩，看上大隄去。徒御喧闐，行子黯無語。
> 爲誰收拾離顔，一腔紅淚，待留向，孤衾偷注。　馬蹄駐。
> 但覺怨慕悲涼，條風過平楚，樹上啼鵑，又訴歲華暮。思
> 量只有人間，年年征路，縱有恨，都無啼處。（〈祝英臺近〉）

前三句寫出清曉送別的景象，殘月當空照著人間的離情別緒，大隄盡處是綿綿無盡離愁的開始。接著以徒御的喧鬧，對照離人的愁苦，在一動一靜中，「黯」字點露心境的慘澹無緒。眼前的戀人強抑著滿腔悲苦的淚水，只能在無止盡的等待時日裡，暗自擁衾濕枕，不勝悲怨。上片由遠景漸漸渲染離情，接著以動靜對照的手法濃化別愁，而後鏡頭慢慢淡出，但是濃密的離情絲毫未減，反而層層遞進。下片寫行子於征途上驛馬停駐臨景傷懷之情。「怨慕悲涼」四字不自覺浮現行子思歸悵望之情，而平楚遼闊，歸期難卜，啼鵑又聲聲催人老大，因而抒發滯留在外的空虛沈悶。最後幾句則暗示來日的窮愁寂寥，詞意怨

---

〔註2〕 詹安泰，〈論寄託〉，《詞學季刊》三卷三號。
〔註3〕 見蔣英豪，《王國維文學及文學批評》，頁80。

抑悲涼，雖然厭倦僕僕風塵的征旅生涯，却有家歸不得，滿是無奈之情。「縱有恨，都無啼處」一句悲切極矣，決絕中不留轉寰餘地，其中涵蘊無限的感傷。

> 繡衾初展，銀釭旋別，不盡燈前歡語。人間歲歲似今宵，
> 便勝却貂蟬無數。　霎時送遠，經年怨別，鏡裏朱顏難駐。
> 封侯覺得也尋常，何況是封侯無據。(〈鵲橋仙・之一〉)
>
> 沈沈戍鼓，蕭蕭廄馬，起視霜華滿地。猛然記得別伊時，
> 正今日郵亭天氣。　北征車轍，南征歸夢，知是調停無計。
> 人間事事不堪憑，但除却無憑兩字。(〈之二〉)

這兩闋〈鵲橋仙〉的主題同樣描寫別情。第一闋以歡聚和送別情景的對照，凸顯傷別之情。前三句寫出相聚時的歡樂情景，「初」、「旋」、「不盡」暗示歡樂之短暫難駐，人事聚散之可悲，興起「人間歲歲似今宵，便勝却貂蟬無數」的感觸，有不盡悽惋之意。「貂蟬」是一華麗的意象，比喻人間的功名富貴，也暗示別離的癥結所在。人間最難掙脫的是功名的羈絆，唯其如此，別情也就成為人類最普遍的悲愁。下片情境直轉，「霎時」寫時間之短暫與人事變化之輕忽，加快節奏的運進，悲怨也一日日加深，人在別情中黯黯失色，朱顏在離恨中漸漸老去，長久的孤懸與等待之下，不禁對人世發出疑問，而有無所憑式之感。結語寄慨深切的「悔教大婿覓封侯」(借王昌齡〈閨怨〉詩句)的悔恨，矛盾糾結中真情畢露。

　　第二闋詞描寫在欲歸不得歸的情況下盤桓，感覺籠罩於一股蕭爽高曠，別離飄零氛圍的淒涼意味。「沈沈」、「蕭蕭」二疊句強化低宕的氣氛，「戍鼓」、「馬嘶」隱示愁人不寐，「霜華」飾化秋天的空寂淒涼，在這淒清的夜晚，詞人忽然憶念起遠在南方的戀人。「猛然」一句突然切入視界，在前景的舖陳下觸發詞人的相思，巧妙的達到情景相切之效。在追憶懷想之際，詞人的心彷彿步跡當日別離的情景，恍然思及，當時並未料到歸期會延宕，如今為了征戰遠戍的緣故，却不能如他所盼的及時歸返。下片接著以對句對照出一兩難衝突的情境：

行伍的車乘繼續向北方步移；然而他的歸夢總是不由的奔向南方，在這兩個極端之間，似乎永遠無法調和折衷。最後詞人覺悟到人生是難以逆測的，於是用哲理化的口吻定結，除了「無憑」本身外，事事堪嗟。

這兩闋詞的結構值得我們注意，上下兩片各有一半用議論的筆調表現，而各與前文相對照。如第一闋寫麗情歡聚之景中，不繼續渲染歡愉的氣氛，反而宕開一筆，「人間」句先預設事實，「便勝却」一句追加肯定。下片事實逆轉，在悲怨的情境中，又突入議論，「封侯」先肯定一層，「何況」又轉出設疑，一虛一實，一轉一折，情味自出。全詞句句扣緊離愁，結構波瀾起伏，真所謂「神光離合，乍陰乍陽」，在結構上相當突出高妙。

> 滿地霜華濃似雪。人語西風，瘦馬嘶殘月。一曲陽關渾未徹，車聲漸共歌聲咽。　換盡天涯芳草色，陌上深深，依舊年時轍。自是浮生無可說，人間第一耽離別。（〈蝶戀花‧之一〉）

> 斗覺宵來情緒惡。新月生時，黯黯傷離索。此夜清光渾似昨，不辭自下深深幕。　何物尊前哀與樂，已墮前歡，無據他年約。幾度燭花開又落，人間須信思量錯。（〈之二〉）

> 閱盡天涯離別苦。不道歸來，零落花如許。花底相看無一語，綠窗春與天俱莫。　待把相思燈下訴。一縷新歡。舊恨千千縷。最是人間留不住，朱顏辭鏡花辭樹。（〈之三〉）

「悲莫悲兮生別離」，離別原是最令人心傷斷腸的，而在冷落蕭索的情境離別，尤其教人難堪。第一闋〈蝶戀花〉在回憶裡咀嚼離情，逆溯「霜華」、「西風」、「瘦馬」、「殘月」等意象烘托點染離愁。「車聲漸共歌聲咽」一句形容離情之苦，隨著車聲遠去，歌聲亦翻不成調，加深悲切意味。下片凝睇眼前心之所繫的景物舖衍離情，「換盡」二字點明季節的更迭，芳草連天喻離愁之綿延無盡，也象徵著空間的阻隔。「陌上」二句有時光流轉遷易，而記憶的軌跡烙在心上永不磨滅

的涵意，深摯率眞的情感自然流露。結語在今昔情景對照之下，出現
一貫的議論語氣，道出別離是人類最恆常的哀戚，也是最難解脫的情
感束縛。

　　第二闋詞一開始就囿限於濃郁的離愁氛圍。「情緒惡」致使詞人
中宵延竚徘徊，內心的傷情在獨對新月升起時，哀怨也隨之漸次浮
生。由於「新月」此一意象總是令人聯想到歡聚團圓，在此卻映照出
詞人的孤寂，詞人無法抗拒這份寂寞況味，於是想撤下帘幕遮蔽清
光，以減輕相思之苦，所以「幕」在此是暗示重重的隔絕與幽深的寂
寞。詞人的悲哀，與其說是外界蕭索環境的感染，毋寧是長久等待絕
望之後，內心的淒涼向外投射，使得原來清麗可喜的景象亦顯得蕭森
悽惻。因而下片寫詞人意欲藉酒紓困消解離愁，筆鋒到末句一轉，由
觀看燭花的爆起散落裡，體悟到人間的聚散無常，相思計量之錯誤無
益。

　　嚐盡人間的別離滋味，重聚應該帶來無比的歡欣，但是第三首〈蝶
戀花〉卻以重聚之幽異哀怨，對照離別之淒楚悲苦，別有一番幽異的
悲涼意味。「零落花如許」一句暗示年華流逝；戀人已不復當日的嬌
豔動人，花下相對無語，多少情意流轉其間，而詞人祇徒然噓嗟歲月
無情的流逝。久別之後重聚，在燈下猶疑似夢寐，難以分辨新歡舊恨，
原來歡樂與憂傷是連結在一起而無法兩分的。所以眼前的歡娛剛一
「淡入」，緊跟著昔日的悲哀隨即「溶出」，而在淡入與溶出相交重疊
的一瞬間，產生戲劇性的悲異效果。最後二句「最是人間留不住，朱
顏辭鏡花辭樹」，感於時間之殘酷，又以議論之筆，曲盡無可奈何之
情。此詞在意境上比之五代馮延巳的名句，亦毫不遜色。

　　這三首詞在結構上皆以對比法出之，對照出兩種不同的情境，迂
曲婉轉的繹出人間悲歡離合之無憑無恃。

　　其他寫別情者，諸如：

　　只恨當時形影密，不關今朝別離輕，夢回酒醒憶平生。（〈浣
　　谿沙〉）

銷沉就裡，終古興亡離別意。依舊年年，迤邐驟綱度上關。

（〈減字木蘭花〉）

「黯然消魂者，唯別而已矣。」靜安此類表達離情別苦的作品，自然深刻，善於以情景相對照，烘托別情。雖然詞裡往往一再重複光陰無情、征旅難安等慨嘆，但因為這些內容正足以包容所有人類最強烈的心聲情感，所以展卷研治之際，依然能夠思情相翕，動人心絃。

## 第二節　濃郁的相思

雖然，濃厚的相思之情往往是由別離之情觸發的，但是靜安詞裡更多的相思之情，祇是單一的付出，無悔的宣洩。由於靜安自幼生長於保守的家庭，傳統的禮教束縛他的情感，性格上的淵靜自持壓抑著情感的表達，所以在他的感情世界裡，祇是無端的沈溺，執著的付出摯情，得不到感情的回饋與呼應。長期壓抑情感之下，因而靜安將滿腔情愫，化作筆下深情繾綣的詞作，盡情流露出自我的眞性情。

黯淡燈花開又落。此夜雲蹤，知向誰邊著？頻弄玉釵思舊約，知君未忍渾拋却。　妾意苦專君苦博，君似朝陽，妾似傾陽藿。但與百花相鬥作，君恩妾命原非薄。（〈蝶戀花〉）

此詞寫女子情深無悔的相思。一開始「黯」字即宣露他內心孤寂閉鎖的深情，熒熒的燭火下，女子對影獨坐，孤芳自憐，時間兀自無情的流逝，他一生的青春猶如乍明乍暗的燭火，綻開又爆落，一片相思柔情也在青春的燭芯裡苦苦煎熬著。他不禁問道：「此夜雲蹤，知向誰邊著？」語氣溫婉而無傷怨之意。以「雲」之遷徙幻化無常，比喻戀人漂泊無著的行蹤，益見其心之眷戀與溫厚無尤。而其自身却置於一完全孤寂的情境裡，手裡頻頻撫弄著「玉釵」，思量舊日的恩情，頗有「料得天涯異日，應思今夜淒涼」（〈清平樂〉）之意。由永夜不眠的長久等待，導致舊歡新恨的幻滅，更加映襯出女子的柔弱無依。但是結句却一反常情，以堅毅肯定的口氣宣稱「知君未忍渾拋却」。「玉釵」原是愛情盟誓的實質象徵，覩物思人，更加堅定他對愛情的執著，

癡想著他的戀人不會絕裾不歸。上片由客觀情境的呈顯，到主觀情感的肯定，女子內心歷經一番強烈的掙扎，對感情却有更深的體悟。下片開始，詞人以鮮明的意象比喻二人的關係：「君似朝陽，妾似傾陽藿」。太陽普照著百花，而百花中之藿花則一心一意迎向太陽，永不移轉。雖然如此，詞人重複「苦」字與「專」及「博」搭配，割離二人處理感情的態勢，「苦」字同時強化女子內心晦澀難言的哀愁。在彼此截然不同情境的對照下，情感的張力並不因此而削弱，反而在詞句間融入活躍的生命力，使情感的張力越來越膨脹增強，一反女子的柔弱無主，變而為剛強堅靭，直接而強烈的道出，不惜與百花相搏鬥，也要「拼取一生腸斷，消他幾度回眸」（〈清平樂〉），因為他深信「君恩妾命原非薄」。　·種哀而不傷、怨而不怒的癡情溢現言外。

　　癡絕的相思之情是這首詞的主題，全詞在虛實交替、鮮明譬喻的手法下，不斷強化女子情深無悔的癡情。意象柔麗，章法縝密工巧，詞中藉女了的口吻，自道堅貞執著的情操，寓涵溫柔敦厚之旨。

> 垂柳裏，蘭舟當日曾繫。千帆過盡，只伊人不隨書至。怪渠道著我儂心，一般思婦游子。　昨宵夢，分明記，幾回飛度烟水。西風吹斷伴燈花，搖搖欲墜。宵深待到鳳凰山，聲聲啼鴂催起。　錦書宛在懷袖底，人迢迢紫塞千里。算是不曾相憶，倘有情早合歸來，休寄一紙無聊相思字。（〈西河〉）

此詞自然流露思慕之情，在怨怪→懷想→期盼的架構上，情感分明遞進。全詞以回憶蘭舟初發的情景點題，從蘭舟遠去的瞬間，無盡期的相思於焉開始。「千帆過盡，只伊人不隨書至」胎化自「過盡千帆皆不是」（溫庭筠〈望江南〉詞句）一句，寫出女子魂牽夢縈的專注癡情，「千」字不僅形容其多，更主要暗示其等待的情深，心之所繫除此「伊人」外，再無旁注。並以「怪渠道著我儂心，一般思婦游子」一句自我寬慰，字面上雖有怨怪意，却含藏著「人生自是有情癡，此恨不關風與月」（借歐陽脩〈玉樓春〉詞句）之執著。接著

描寫想像中的情景,然而好夢由來最易醒,由「聲聲啼鴃催起」而驚覺「舊歡無覓處」(〈謁金門〉)。現實的景況却是兩地遙隔千里,縱使「袖得伊書跡」,只覺「滿紙相思容易說,只愛年年離別」(〈清平樂〉)。因此,靜安不從正面直述相思,筆意一轉「算是不曾相憶,倘有情早合歸來,休寄一紙無聊相思字」,以決絕的語氣斷然結束這份思慕之情,坦率道出女子的心聲與期待。全詞在定向的視鏡裡,交替一實、一虛、一絕的舖敘手法,情感層次湧現。

> 昨夜夢中多少恨。細馬香車,兩兩行將近,對面似憐人瘦損,眾中不惜搴帷問。 陌上輕雷聽隱轔,夢裏難從,覺後那堪訊。蠟淚窗前堆一寸,人間只有相思分。(〈蝶戀花〉)

此闋詞上片敘夢中的情景,下片抒醒後的感慨,以「夢」與「恨」貫串其中,最後歸結於相思。「昨夜夢中多少恨」取李後主〈望江南〉:「多少恨,昨夜夢魂中」二句融化而成。「細馬香車」對照出自己的卑微寒傖,也是導致悲劇的原因,是第一重恨。接著描寫女子深情款曲的柔情,「不惜」二字沁入多少情深意重,「似憐」又令人覺著夢中情景的虛幻不實,所以下片以轔轔車聲比作雷聲,代表夢之幻滅。因此「夢裏難從」,是第二重恨。夢境幻滅,是第三重恨。至於「覺後那堪訊」,是第四重恨。而「人間只有相思分」,是第五重恨。全詞即在「恨」與「夢」之錯雜中,刻劃深藏細膩的相思之情。最後由於相思的深切,與美夢幻滅的痛苦,強烈的情緒被直接逼露出來。結語則以美麗幻滅的意象表出,類似一聲痛苦而又無可奈何的歎息。汪師中評此詞云:「眞摯處逼近花間,此性情中來,不可僞也」。〔註4〕

> 屏却相思,近來知道都無益。不成拋擲,夢裏終相覓。 醒後樓臺,與夢俱明滅。西窗白,紛紛涼月,一院丁香雪。(〈點絳脣〉)

此詞描寫明知相思無益,却難以拋擲忘却之苦。詞意已預設「總道相思苦」(〈荷葉盃〉)一意,因而想要「屏却相思」,但是「近來知道都

---

〔註4〕 見汪師中,《清詞金荃》,頁169。

無益」，在矛盾猶疑的掙扎裡，終於體認到相思情濃，難以拋擲忘却，即令在現實人生裡忘却其苦，夢裡猶是苦苦追憶。上片就在肯定→否定→否定→肯定的結構裡，沈潛一股濃重鬱勃的相思之情。「夢」原是詞人企圖忘却相思又追憶相思的唯一的心靈慰藉之法，所以下片開始即換寫夢之幻滅，由夢之幻滅而使詞人恍然悟出人生的虛幻無常，感慨一如「昨夜西窗殘夢裡，一霎幽歡，不似人間世」（〈蘇幕遮〉）。最後則以景結情，月光的寒涼蒼白，映照一片雪茫茫的世界，構設一股寒冷寂寞的氛圍，映襯詞人「涼月滿窗人不寐，香印成灰，總作回腸字」（〈蘇幕遮〉）的堅貞不移的深情。全詞以清澹之筆勾勒絲絲深情，結構頓挫有致，意境高妙。

其他曲盡相思者，諸如：

> 妾身但使分明在，肯把朱顏悔。從今不復夢承恩，且自簪花坐賞鏡中人。（〈虞美人〉）

> 羅衾獨擁黃昏，春來幾點啼痕。厚薄小關妾命，淺深只問君恩。（〈清平樂〉）

> 手剔銀燈驚炷短，擁髻無言，脈脈生清怨。此恨今宵爭得淺，思量舊日深恩徧。（〈蝶戀花〉）

以上所引皆描寫哀而不傷、怨而不怒的情詞。靜安將其豐富的感情，與滿腔難訴的幽怨，真摯地宣洩於字裡行間，震盪著一股無悔無尤的癡情，頗得溫柔敦厚之旨。

# 第三節　節序詠懷

陸機《文賦》云：「遵四時以歎逝，瞻萬物而思紛。悲落葉於勁秋，喜柔條於芳春。」劉勰《文心雕龍・物色篇》亦云：「春秋代序，陰陽慘舒，物色之動，心亦搖焉。」是以節序更換，景物變遷，往往最易牽惹人們許多的情懷感受。尤其春日是充滿生機、朝氣蓬勃的季節，花紅柳綠、山朗水潤，萬般景物都令人沾染了幾分喜悅，增添了幾分希望。

> 舟逐清溪彎復彎，垂柳開處見青山，鈍鈍綠髮覆烟鬟。　夾
> 岸鶯花遲日裏，歸船簫鼓夕陽間，一生難得是春閒。(〈浣谿
> 沙〉)

上片以輕舟之擺盪，開展出一幅清麗郁盛的春景。「彎復彎」一複句加快了全詞的節奏，直接呈現客觀情景。下片以對句刻劃出一絕美的黃昏景緻，面對著春景佳日，詞人舒歡道：「一生難得是春閒。」「難得」不僅是春日繽紛美燦之不易尋，更難得的是詞人心情如此舒緩閒適。全詞以潔勁健捷的筆調，描繪自然景象，涵孕一股安適閒逸的自然機趣。

　　雖然，春天在自然循環中，代表著新生與美麗，但是靜安詞裏，「春天」無異是一種美麗的哀愁，因爲「春天」是他心中所一意追尋的理想的象徵。

> 春到臨春花正嫵。遲日闌干，蜂蝶飛無數。誰遣一春拋却
> 去，馬蹄日日章臺路。　幾度尋春春不遇。不見春來，那
> 識春歸處。斜日晚風楊柳渚，馬頭何處無飛絮。(〈蝶戀花〉)

全詞重複使用七個「春」字，足見其念茲在茲的心理糾結的情感。春天是美麗絢燦的，春天降臨人間，一切都顯得生氣蓬勃，繁花嬌媚，蜂蝶飛舞，無限的生機正在這一片紛麗似錦的季節飛揚。然而，「遲日」已漸透露出衰頹的跡象，因而興起「誰遣一春拋却去」一問，徒令詞人日日徘徊道途，追尋春的芳蹤。下片寫春天難以遇求，否定春天的存在。最後將時間坐標在「斜日晚風」，而以馬頭飛絮的殘敗景象結情。至於詞中所流露遲暮之感，以及對美麗之易逝的嘆息，則是普遍性存在的主題，象徵一切事物的幻滅命運。由是知，明明一片好春佳景，看在心倦意怯的靜安眼中，都成了稍縱即逝的幻影，或許靜安意欲借天下最美好的景緻，反襯人間最無奈的感情。

　　春天的繁榮絢彩，靜安甚且視作美麗的哀愁，面對淒清、蕭索的秋天，更加蘊藉其沈重幽咽的傷情。

> 江南秋色垂垂暮，算幽事，渾無數。日日滄浪亭畔路，西
> 風林下，夕陽水際，獨自尋詩去。　可憐愁與閒俱赴，待

> 把塵勞截愁住。燈影幢幢天欲曙，閒中心事，忙中情味，
> 并入西樓雨。(〈青玉案〉)

「垂垂」一疊字強化秋天的遲暮感，「算幽事，渾無數」洩露詞人臨景傷懷的滿腔幽怨。「日日」一句間接表現詞人內心感於季節凋零而倉惶無依的心境，以致於徘徊道途，找尋宣洩心中鬱悶的方法。「西風」以下三句，則以洒脫閒逸的語氣淡出，極美極飄逸，卻隱然有寂寞況味，由「獨」一字已含藏著幽愁暗結的心情。下片「可憐」一句意態翻奇，不落俗套，勁直地道出內在愁悶難奈，無以自遣的心境，只有將「閒中心事，忙中情味，并入西樓雨」，以雨之淒苦對照詞人內心的淒苦。全詞擅於運情入景，輕巧不著痕，致令韻味無窮。

> 水抱孤城，雪開遠戍，垂柳點點棲鴉。晚潮初落，殘日漾
> 平沙。白鳥悠悠自去，汀州外，無限蒹葭。西風起，飛花
> 如雪，冉冉去帆斜。　天涯還憶舊，香塵隨馬，明月窺車。
> 漸秋風鏡裏，暗換年華。縱使長條無恙，重來處，攀折堪
> 嗟。人何許？朱樓一角，寂寞倚殘霞。(〈滿庭芳〉)

此詞描寫秋日懷舊之情。上片呈現外界景物，下片則由此情景所興發的一時感懷。上片由錯置遠景近物層次開展：環水、孤城、落雪、遠戍、垂柳、棲鴉、殘日、平沙、白鳥、蒹葭、西風、飛花、去帆等意象，連串一幅柔美悠然的秋日暮景。「帆」是彼此橫廓的遠隔與相思落空的象徵，與「千帆過盡只伊人，不隨書至」(〈西河〉)意似。下片立即凸入內心臨景懷舊的傷情，「天涯」阻隔彼此遙闊的距離，也暗示遠人流離在外日夜征逐的困頓之狀。「漸秋風鏡裡，暗換年華」則有流光易逝，年華徒增卻等閒虛度之感喟，縱使能夠再回到當年折柳送別的沙岸，景物依舊，人事已非，情何以堪？結語則以己身寂寞的景況，烘染憶舊的深情，「殘霞」更有日暮人暮的雙重感傷。全詞以柔美的意象，融入一股冷澹淒清的情愫，平淡中卻隱藏著極深的憂愁和思念。上片意象鮮明濃密，情趣悠然，節奏紆緩和暢，下片節奏明快，一如時間的流轉快速，應合著詞人內心情感的流動，前後迥然

不同的節奏感完全自然表現。

另有一首描寫秋景之詞，同樣以健捷之筆表現流暢的節奏感。

> 已落芙蓉并葉凋，半枯蕭艾過牆高，日斜孤館易魂銷。　坐覺清秋歸蕩蕩，眼看白日去昭昭，人間爭度漸長宵。(〈浣谿沙〉)

上片描寫外界景物的凋萎枯索：花落、葉凋、枝枯，表現一殘敗景象。由景物的衰弱黯淡，更令人倍覺淒清，「日斜孤館易魂銷」正是這種感傷不自覺的流露。下片用一對句加速時間的流轉，同時加快節奏的旋轉，在聽覺上有流盪不盡之意，在視覺上更有開闊無窮之境。詞人感於時節昭昭逝去，不禁興發坐對時空替換而無力扭轉的無奈嗟歎。

綜觀上述，靜安對景抒懷的詞作以詠嘆春、秋二景爲多，尤其是傷春悲秋之情，表現得異常深刻。甚至於在傷春之中亦寓含悲秋的意味，如

> 夜起倚危樓，樓角玉繩低亞。唯有月明霜冷，浸萬家鴛瓦。
> 　人間何苦又悲秋，正是傷春罷。却向春風亭畔，數梧桐葉下。(〈好事近〉)

這首詞的主題描寫秋夜景緻，詞意有感傷春景纔罷，而悲秋之意匆匆又至。上片客觀繪景，「夜起倚危樓」是愁人不寐的心態流露，「孤星」、「冷月」、「寒霜」等意象透出陣陣寒意，映射在「鴛瓦」之上，瓦甚且成雙並立，人却寂寥難遣，映襯詞人孤獨冷落之況，微妙地透露相思之恨，上片就沈浸於一片冷瑟孤絕的境界裡。下片以反詰矛盾的語氣點出時令，間接剖露心境，「悲」、「傷」二字是情感的眞實傳述。最後以「梧桐」葉落黏合心事，在片片墜落的殘葉聲裡，彷彿正訴說著內心的區區情事，曲傳詞人愁思的無奈，達到情景交融之效。

其他臨景傷懷者，諸如

> 誰道江南秋已盡，衰柳毿毿，尚弄鵝黃影。落日疎林光烱烱，不辭立盡西樓暝。(〈蝶戀花〉)

> 刻意傷春誰與訴？悶擁羅衾，動作經旬度。已恨年華留不

住，爭知恨裡年華去。（〈蝶戀花〉）

西園花落深堪掃，過眼韶華眞草草。開時寂寂尚無人，今
日偏嗔搖落早。（〈玉樓春〉）

綜觀靜安此類作品，其特色是：淡遠取神，神致自在言外。〔註5〕其
筆下輕描淡寫地揮灑，不論任何良辰美景，總有一股揮之不去的愁怨
籠罩其上，正所謂「觸景傷情」之作。雖然，靜安以格韻高絕之作爲
美，然其所作却沒有「霧裡看花，終隔一層」〔註6〕之失，而能獲致
自然不隔、情景交融之美。

## 第四節　詠物詞

繼北宋蘇軾、晁補之、周邦彥等人啓先之後，詠物詞昌盛於南宋。
姜、史、張、王，彌極工麗，法度縝密，使詠物詞臻於成熟，盛極一
時。其後能事殆盡，繼之者無以復加，於是專就題材鍊句上鬥新競巧，
求勝前人。至清代常州派多藉詠物詞以言「寄託」，然以用典及文字
之晦澀而有制謎之譏，因而漸趨衰微。

李重華《貞一齋詩說》云：「詠物有兩法，一是將自身放頓在裡
面，一是將自身站立在旁邊」。〔註7〕前者是作者入乎其內，將自身投
入物象中，使物象和自身構成譬喩的關係；後者爲作者出乎其外，作
者在旁作冷靜客觀的觀察描述。靜安詞中，詠物之作僅有七首（包括
不題明詠物詞者一首），亦可自成一類。這七首詠物詞依表現方式的
不同，可分成二類：

---

〔註5〕 況周頤，《蕙風詞話續篇》卷一云：「詞有淡遠取神，只描寫景物，
而神致自在言外，此爲高手。」見王幼安校訂，《蕙風詞話、人間詞
話》合刊本，頁135。

〔註6〕 《全集》第十三冊，《人間詞話》三九則云：「白石寫景之作……，
雖格韻高絕，然如霧裡看花，終隔一層。梅溪、夢窗諸家寫景之病，
皆在一『隔』字。」頁5936。

〔註7〕 見丁仲祜編訂，《清詩話》。

## 一、即物而狀物態

　　此類作品是直接對物象本身作盡態極妍的描繪刻劃,往往詞藻工麗,音節諧婉,充分展現物之情態。就思想內容而言,難以開拓詞境;就技巧形式表現而言,自有其特殊的藝術價值。這類作品,靜安只有一首:

　　　　綽約衣裳,淒迷香麝,華燈素面光交射。天公倍放月嬋娟,
　　　　人間解與春游冶。　烏鵲無聲,魚龍不夜,九衢忙殺閒車
　　　　馬。歸來落月挂西窗,隣雞四起蘭釭炧。(〈踏莎行‧元夕〉)

此闋詞題名元夕,敷寫元宵夜熱鬧的情景。首二句寫遊人如織,軟香浮溢,「華燈素面光交射」使整個畫面具體融動起來,引入熱鬧的情趣。「天公」二句,進一步穠麗熱鬧的景象,「倍放」、「解與」二詞貼切地表現出天上、人間普慶佳節的歡悅氣象。下片開始即展現鬧燈市的景象喧騰不已,有愈演愈盛之狀。最後二句間接呈露出達旦歡慶的元宵夜景,不著痕跡。但凡以節日爲題的詩或詞,如果沒有特殊的際遇或感慨,很難別出新意。靜安此詞只是客觀地描繪節景,並沒有特別的情感寄寓其中。

## 二、借物以寓性情

　　沈祥龍《論詞隨筆》云:「詠物之作,在借物以寓性情。凡身世之感,君國之憂,隱然蘊於其內,斯寄託遙深,非沾沾焉詠一物矣」。〔註8〕是以這類詠物詞,除了摹繪事物之外,更須含蘊作者自身的思想感情,以「取神題外,設境意中」〔註9〕爲貴。因此,靜安於詠物之作中,寄意品格清高的幽梅;託寓孤介傲岸的水仙;咏贊堅忍拔卓之蒼松,以表出己懷。

　　　　天公應自嫌寥落,隨意著幽花。月中霜裏,數枝臨水,水
　　　　底橫斜。　蕭然四顧,疎林遠渚,寂寞天涯。一聲鶴唳,
　　　　殷勤喚起,大地清華。(〈人月圓‧梅〉)

〔註8〕見清‧沈祥龍,《論詞隨筆》,《詞話叢編》冊十二,頁4070。
〔註9〕同註5,卷三。

全篇由「寥落」、「幽」、「蕭然」、「寂寞」舖設一遺世獨立的冷寂之情。
「月中」三句化自林和靖〈山園小梅〉：「疏影橫斜水清淺，暗香浮動
月黃昏」，簡淨中亦頗富韻致。最後在一片靜寂中凸出動態意象「鶴
唳」，反襯出梅之冷凝幽獨。

> 羅韤悄無塵，金屋渾難貯。月底谿邊一晌看，便恐凌波去。
> 　獨自惜幽芳，不敢矜遲莫。却笑孤山萬樹梅，狼藉花如
> 許。（〈卜算子・水仙〉）

上片用曹植〈洛神賦〉：「凌波微步，羅韤生塵」一句攝入水仙之姿；
「金屋」用漢武帝「金屋藏嬌」一事，狀水仙之幽潔嬌貴，熨貼工緻。
而「月底谿邊一晌看，便恐凌波去」一句，盡得水仙之神韻。下片一
意繞著「獨自惜幽芳」一意，就正、反二方面烘托水仙之孤介高潔。

> 落落盤根眞得地，澗畔雙松，相背呈奇態。勢欲拼飛終復
> 墜，蒼龍下飲東溪水。　溪上平岡千疊翠。萬樹亭亭，爭
> 作拏雲勢。總爲自家生意遂，人間愛道爲渠媚。（〈蝶戀花〉）

此詞未註明詠物，然全首皆詠松，描寫松樹雄奇之姿，盤根固結、高
拔拏雲，頗能得松樹蒼勁之神。結句更以「總爲自家生意遂，人間愛
道爲渠媚」一意，曲盡靜安孤挺拔卓的心態。

　　在前人詠物詞中，靜安最推尊東坡〈水龍吟〉詠楊花之作，《人
間詞話》三七則云：

> 東坡〈水龍吟〉咏楊花，和均而似元唱。章質夫詞，原唱
> 而似和均。才之不可強也如是。〔註10〕

三八則又云：

> 詠物之詞，自以東坡〈水龍吟〉爲最工，邦卿〈雙雙燕〉
> 次之。白石〈暗香〉、〈疏影〉，格調雖高，然無一語道著。
> 〔註11〕

東坡詠楊花之作清麗舒徐，即物即人，得題外韻致，故能高出人表。
至靜安作〈水龍吟〉咏楊花，就註明用「章質夫蘇子瞻唱和韻」，詞

---

〔註10〕同註6，頁5935。
〔註11〕同註6，頁5935～5936。

云：

> 開時不與人看，如何一霎濛濛墜。日長無緒，回廊小立，
> 迷離情思。細雨池塘，斜陽院落，重門深閉。正參差欲住，
> 輕衫掠處，又特地，因風起。　　花事闌珊到汝，更休尋，
> 滿枝瓊綴。算來只合，人間哀樂，者般零碎。一樣飄零，
> 宵爲塵土，勿隨流水。怕盈盈一片，春江都貯，得離人淚。

全詞繞著「花事闌珊到汝」一意著筆，隱喻人世流離靡定之意。「開時不與人看，如何一霎濛濛墜」實寫楊花之隨風飄零，無人憐惜的淒涼。而「重門深閉」、「又特地因風起」二句，以虛筆呼應首句，用擬喻手法想像楊花亦是有情思之物。下片則爲楊花零落的描述，以楊花之零落喻人間的哀樂，融入詞人惜物之情。由狀物、體物、而至感物抒懷，渾涵處雖不及東坡，亦頗得東坡「不即不離」之致，乃「以性靈語詠物，以沉著之筆達出」〔註12〕之上乘佳作。

　　自常州派推尊詞體，鬯言比興，闡發「意內言外」之旨以降，「寄託」一說影響後世極其深遠。吳梅《詞學通論》云：「詠物之作最要在寄託，所謂寄託者，蓋借物言志，以抒其忠愛綢繆之旨。」〔註13〕亦以「託意」作爲詠物詞評價的標準，此靜安所以多借物以寓性情而少即物狀物之作的原因。在其僅有的七首詠物詞中，大多能入乎其內，觀物之微，體物之情，隱示含藏不盡之意蘊蓄其中。

〔註12〕同註5，卷五，頁129。
〔註13〕見吳梅，《詞學通論》，頁6。

# 第五章　境界篇

　　所謂「境界」，前文曾專題探討過，靜安《人間詞話》中「境界」一義包涵隱、顯兩方面：顯的一面，其以爲凡是描寫眞感情、眞景物，合乎自然而不隔的作品，謂之有「境界」；隱的一面，其最激賞對人生有深刻體認與反省的作品。簡言之，詞人面對經驗世界時，以眞切的洞察力與感悟力，透過作品描繪人生的眞實圖景，傳達憂生的眞切感情，臻於「人生境界」。

　　靜安傳世一百一十五闋詞，每一闋詞都有其獨立自足的境界，充滿著個人生命對人生理想的熱烈追尋與現實人間的種種省察，飛躍豐富的想像力與聯想力，通過美感心靈的綜合作用，將之具現出來。以下即分二方面論述之：

## 第一節　時空對峙下的孤寂情懷

　　靜安詞慣常縱橫時間與空間的距離，開展出一個極其寥廓的視境，遲日騁目，迢遞呼喚，充滿著高亢鬱悒而又孤獨寂寞的情懷。其詞裡寫時間，則以黃昏居其大半，如下文所引錄：

　　　　羅衾獨擁黃昏，春來幾點啼痕。（〈清平樂〉）

　　　　日斜孤館易魂銷。（〈浣谿沙〉）

　　　　一山楓葉背殘陽。（〈浣谿沙〉）

極天衰草暮雲平，斜陽漏處，一塔枕孤城。(〈臨江仙〉)

碧欄干外無邊柳，舞落遲遲紅日。(〈摸魚兒〉)

落日踈林光烱烱，不辭立盡西樓暝。(〈蝶戀花〉)

晚潮初落，殘日漾平沙。(〈滿庭芳〉)

山寺微茫背夕曛，鳥飛不到半山昏。(〈浣谿沙〉)

西風林下，夕陽水際。(〈青玉案〉)

夾岸鷺花遲日裡，歸船簫鼓夕陽間。(〈浣谿沙〉)

數峰和雨對斜陽。(〈玉樓春〉)

冉冉赤雲將綠繞，回首林間，無限斜陽好。(〈蝶戀花〉)

細雨池塘，斜陽院落。(〈水龍吟〉)

今日重來，除是斜暉如故。(〈掃花游〉)

路逐峰旋，斜日杏花明一山。(〈減字木蘭花〉)

落日千山啼杜宇。(〈蝶戀花〉)

沈沈暝色籠高樹。(〈菩薩蠻〉)

臉邊舷外晚霞明。(〈浣谿沙〉)

落日中流，幾點閒鷗鷺。(〈點絳脣〉)

斜日晚風楊柳渚。(〈蝶戀花〉)

寫空間，則開拓極高極遠的視野，如

厚地高天。(〈點絳脣〉)

迢遞嚴城更鼓。(〈如夢令〉)

極天衰草暮雲平。(〈臨江仙〉)

人迢迢紫塞千里。(〈西河〉)

波上樓臺，波底層層俯。何人在？斷崖如鋸。(〈點絳脣〉)

高峽流雲，人隨飛鳥穿雲去。(〈點絳脣〉)

水抱孤城，雪開遠戍，垂柳點點棲鴉。(〈滿庭芳〉)

閣道風飄五丈旗，層樓突兀與雲齊。(〈鷓鴣天〉)

直青山缺處是孤城，倒懸浸明湖。森千帆影裡，參差宮闕，

　　風展旌旗。（〈八聲甘州〉）

　　簾外紅墻，高與銀河並。（〈蝶戀花〉）

　　已恨平蕪隨雁遠，暝煙更界平蕪斷。（〈蝶戀花〉）

　　連嶺去天知幾尺？嶺上秦關，關上元時闕。（〈蝶戀花〉）

　　高樓直挽銀河住。（〈菩薩蠻〉）

　　秋雨霽，晚煙拖，宮闕與雲摩。（〈喜遷鶯〉）

　　溪上平岡千疊翠，萬樹亭亭，爭作擎雲勢。（〈蝶戀花〉）

凡此，皆以白描手法摹繪柔美的景緻，融入一己的眞情實感，刻劃境界，使人讀之有歷歷在目，無窮盡之感。在技巧表現上，是隱微而高妙的；在詞境效果上，達到情景交融的境界。

　　日暮天晚，象徵著歲月之匆遽；野闊路遙，象徵著理想之難致。分析靜安詞作，大致是立於「高遠」與「遲暮」的時空座標上，來比況理想的懸隔與心情的焦慮。如以下各例：

　　急景流年眞一箭。殘雪聲中，省識東風面。風裏垂楊千萬線，昨宵染就鵝黃淺。　又是廉纖春雨暗，倚徧危樓，高處人難見。已恨平蕪隨雁遠，暝煙更界平蕪斷。（〈蝶戀花〉）

直言「急景流年」已予人歲月動盪不居之感，復類比「急景流年」疾如箭之飛逝，了無遺蹤。冷不防令人倒抽一口氣，卻忽然警覺到已是歲暮春臨，「殘雪」一語雙關著鬢髮斑白，含有時不我予的感傷，「省識」一句在意識怳惚中別有突兀之意，時間的流逝彷彿在一夕之間改換顏色。下片語氣暗沈，境似「紅樓遙隔簾纖雨，沈沈暝色籠高樹」（〈菩薩蠻〉），人與人之間的距離雖然只是紅樓隔雨相望，而心與心之間却孤冷遙隔猶如千里萬里。詞人登樓極目搜索，似乎有所期待，不禁發出「高處人難見」的絕望吁嘆。「高處」象徵理想的懸隔，「雁」去截斷過往的陳跡，暝煙橫空竄升，攔腰斬斷對未來的展望。詞人站在時空的頂峰，面對杳遠蒼莽的人間，別有一股幽情暗恨，隨著裊裊輕煙散入廣袤的時空裡。這種孤絕的空間遙隔感，使詞裡的怨恨焦慮表現得十分強烈。

再看這首〈臨江仙〉

> 過眼韶華何處也？蕭蕭又是秋聲。極天衰草暮雲平。斜陽漏處，一塔枕孤城。　獨立荒寒誰語？蓦回頭，宮闕崢嶸。紅墻隔霧未分明。依依殘照，獨擁最高層。

首句對時間流逝之倉促提出質疑，既而慨嘆又是秋聲，襲來一股蕭瑟的冷意。下面三句承接秋意，由「衰草」開展邈遠的空間，「斜陽」設立時間的冥暮，結語已有冷寂的況味。下片仍以問句設疑，反映出窮愁孤子的心境。蓦然回首之際，仰視「宮闕崢嶸」，對照詞人「可憐心事太崢嶸」（〈鷓鴣天〉）的孤寂情懷。接著「紅墻隔霧未分明」暈染一片撲朔迷離的景緻，象徵理想的邈遠難尋。「依依殘照，獨擁最高層」一句，藉由外在的淒涼殘景襯托詞人的悒鬱失志，益發增添詞人自憐自惜的情緒。

另有一首〈蝶戀花〉，在意境上與前首有異曲同工之妙。詞云：

> 連嶺去天知幾尺？嶺上秦關，關上元時闕。誰信京華塵裏客，獨來絕塞看明月。　如此高寒真欲絕。眼底千山，一半溶溶白。小立西風吹素幘，人間幾度生華髮。

此詞於登高覽勝之際，寓意志意之難伸。全詞運以時間的虛設和空間的實景安排，錯綜出古今的距離，拉開理想與現實之間的界域。嶺之與天，是空間的距離；秦關元闕，是時間的距離。在這一時空錯綜的廣闊視境中，却有一「獨看明月」的詞人，懷抱一份「冠蓋滿京華，斯人獨憔悴」（借杜甫〈夢李白〉詩句）的索落情懷。「明月」在此象徵理想之孤懸，詞人舉首望月「忽驚明月冷」（〈蝶戀花〉）；俯瞰人世，淹留於一片迷離惝恍之中，詞人置身於一高處不勝其寒，低處難以屈就的衝突情境中，深切感慨理想與現實之間竟是隔得那麼遙遠，這時漂泊無著的心，不禁興起時日遽迫，前途渺茫的感喟。

時空的遠隔無法超越，正象徵著無力改變的現實境遇，與心情長期交雜的衝突。像面對著絕望的高墻，憑靠著曲折的危闌，在在教人倉皇延佇，徒呼奈何！這種持久的心理焦慮，在詞人筆下化成一幅具

體的圖畫，藉由空間的遠隔與時間的遲暮以呈顯。如

> 皋蘭被徑，月底欄干閒獨凭。修竹娟娟，風裏時聞響佩環。
>
> 驀然深省，起踏中庭千个影。依舊人間，一夢鈞天只惘
> 然。(〈減字木蘭花〉)

上片寫景淒寂幽美，「皋蘭被徑」點綴出夐遠的空間實景。蘭徑美則美矣，詞人也只是囿於高閣，臨景佇望等待而已。靜寂的月夜強調時間的遲晚，詞人在絕美的月夜下憑欄沈思往事，將自己拋在不眠的永夜裡。「起踏中庭千个影」隱示詞人內在焦慮不安的情緒，他的回憶與想望就在這一闋寂而遲晚的時空架構上出發的。結論以冷淡的心境，寫出「鈞天一夢」之邈不可及，終復墜入現實人間的沈淵裡，對理想的追尋真是遠而又遠，無可如何！詞人內心的焦慮，歷歷在日。

　　另一種反映詞人面對時空遙隔而產生心理爭戰的情形，常常是在覽景弔古之際，牽惹出縷縷絲愁。如

> 姑蘇臺上烏啼曙，剩霸業，今如許。醉後不堪仍弔古。月
> 中楊柳，水邊樓閣，猶自教歌舞。　野花開徧真娘墓，絕
> 代紅顏委朝露。算是人生贏得處，千秋詩料，一坏黃土，
> 十里寒螿語。(〈青玉案〉)

時間驅使四季替荒臺古墓旁，孳孳生長的楊柳野花換上生命的色彩，却沒有賦予古蹟任何生命力，反而顯出曾是盛極一時的人事景物，如今只餘荒涼頹敗，言下不勝人世滄桑、盛衰靡常之感。時間烙下歷史的刻痕，淘汰過往的遺跡，人在歷史的軌跡裡終不免於趨向死亡，而歸結至冷寂之境。詞裡行間蘊蓄著深深的自憐意味，靜安雖然沒有直吐哀音，但在「古」與「今」及「變」與「不變」的時空對比下，詞人的哀傷表露無遺。

　　這種自憐自惜的心態，在靜安筆下往往轉化成女子見棄的口脗予以傳達。如

> 窈窕燕姬年十五。慣曳長裾，不作纖纖步。眾裏嫣然通一
> 顧，人間顏色如塵土。　一樹亭亭花乍吐，除却天然，欲

贈渾無語。當面吳娘誇善舞，可憐總被腰肢誤。(〈蝶戀花〉)
時空的遠隔是一種孤立的形勢，這種形勢不僅是外在的，甚且是內在的。內在的孤立，對一滿懷理想難以順遂的詞人而言，促使他逐漸遠離人群，孤立自我，完全閉鎖在屬於自我孤獨的天地中，自戀自賞、自傲自負。〈蝶戀花〉一詞裡靜安摹繪燕姬之嬌美，正是靜安自憐自賞心態的不自覺流露。因爲孤立的心態是心理防衛方法之一，詞人孤立自己，目的是希望將挫折歸咎於外界，藉以減低內心的焦慮，並維護一己的自尊。

是以，長期的自我孤立，形成靜安內心的閉鎖世界，〈點絳脣〉一詞更進一步說明渺小個人置身於浩瀚宇宙的無力感，詞云：

厚地高天，側身頗覺平生左。小齋如舸，自許迴旋可。　聊復浮生，得此須臾我。乾坤大，霜林獨坐，紅葉紛紛墮。

上片顯露出個人無論是身處遼闊的空間，或僻居窄狹的書齋裡，同感一種無端的掣肘感，囿困於難以超拔的情境，不禁感慨到渺小的個人又能執著些什麼呢？於此之際，唯有「獨坐霜林，紅葉紛紛墮」，看透世間一切，以高超洒脫的胸懷順應自然的變化。雖然如此，靜安的生命基調仍是悲觀抑鬱的，心境猶是凄苦孤寂的，且看〈賀新郎〉一詞云：

月落飛烏鵲，更聲聲，暗催殘歲，城頭寒柝。曾記年時游冶處，偏反一欄紅藥。和士女盈盈歡謔。眼底春光何處也？只極天野燒明山郭。側身望，天地窄。　遣愁何計頻商略，恨今宵，書城空擁，愁城難落。陋室風多青燈炧，中有千秋魂魄，似訴盡人間紛濁。七尺微軀百年裏，那能消，今古閒哀樂。與蝴蝶，蘧然覺。

此詞初寫時序的轉移，聲聲催人老大。繼而在回憶的光圈裡，體驗到短暫的歡愉，而現實的時空，却呈現一片瑰麗絢目的幻滅景象。一股不自覺的時空逼迫感再次襲上心頭，震懾詞人心絃，迫使詞人退居兩難的情境，或在書城空嗟，或在愁城痛楚，困窘不安。結語企圖在蝶夢中求得解脫，尋求虛幻的滿足，在一片絕望無奈聲中顯得十分凄

美！詞人的心路歷程，昭然若揭。

　　由孤立自我，到抽離現實人間，靜安一步步退居自守，耽溺於神虛幻境，〈點絳脣〉詞云：

　　　　萬頃蓬壺，夢中昨夜扁舟去。縈迴島嶼，中有舟行路。　波
　　　上樓臺，波底層層俯。何人住？斷崖如鋸。不見停橈處。

「萬頃蓬壺」開展一神虛幻境，離間空間的隔絕感。「夢中昨夜扁舟去」點出時間的遲晚，及尋求之熱切。接著在迂曲迴繞中，彷彿尋見一道曙光，燃起內心無限希望。然而舟行至蓬萊仙境，只見「波上樓臺，波底層層俯」高崛的形勢，無處可棲止，不禁令人廢然興嘆，失望之情自見言外。詞中雖流露靜安一貫的追索與期待，但懷疑與虛渺的意味却更為濃重。

　　靜安詞作，始終離不開高遠的空間與遲暮的時間意象，在時空的錯綜下，交織出一幅幅景緻淒美的圖畫，刻露其內心孤寂閉鎖的抑鬱情懷，別有一番深邃敻遠的況味，令人縈懷不已。

## 第二節　字裡行間的義諦禪機

　　靜安詞中往往在摹情繪景中，不自覺地流露出個人對人生的哲理洞見；換言之，詞中極富義諦禪機，是其詞作的另一特色。之所以如此，與其早歲研治哲學，尤其深受叔本華哲學之影響有關。叔氏思想又受東方佛學的影響，靜安浸染既深，在他的詞作裡自然而然蘊涵深刻的義諦禪機，傳達其對人間近乎癡迷的熾熱與沈溺的感情。

　　所謂「禪」，並非玄妙莫測、深奧難知的空幻概念，乃是人人本具真誠質樸的真性情，是由人人自心反省和力行實踐中，體驗所得之心物一體、萬有如一的虛明寂靜的境界。邢光祖〈天、地、人〉一文中如此解釋：

　　　　歸納地說，中國所說的禪，是宇宙與人生，一切道，與一
　　　切藝，透露人的自性所輻射出來的光芒，是人的自性，在
　　　宇宙與人生，一切道與一切藝的自我透明。禪是一切相對

相反的一元的神祕經驗。禪是知者與所知，目的與方法，
心證與實踐的一如的神奇會合；換句話說禪是宇宙觀、人
生觀與藝術觀的合一。〔註1〕

此一論見與靜安所主張的文學觀——「人生境界」說不謀而合。中國
文學一向重視言外之意、意外之味，不惟言有盡而意無窮，並且要求
味在酸鹹之外。詩人心靈裡深藏著幾多變幻莫測的意象，及無形無迹
的思維，本不可能完全憑藉文字符號作圓滿深邃的表達，也無法將之
作有形的理解，只有從個人深厚的涵養和虛靜的心靈，將詩情禪意作
渾然一體的表現。然而，就詩論詩，任何的理論都不合乎詩的質性。
是以宋人嚴羽主張妙悟、重興趣，說明詩的趣味在乎不直說，有絃外
之音。清人沈德潛亦認爲詩貴溫柔，不可說盡。紀曉嵐嘗言：「詩宜
參禪味，切不宜下禪語」。〔註2〕此一觀點與「禪」意要求言語道斷、
不可言詮之妙境，相互契合，足見引禪入詩，不僅未曾貶低詩本身的
藝術價值，反而提昇詩的境界，開創理趣雋永、神韻澹遠的詩風。因
此，詩情與禪意相結合，不獨是中國人晶瑩澄澈之智慧的流露，也是
中國人涵融豁達的性格之表徵。即使在最平凡的禪境裡，永遠閃耀著
靈明璀璨的心光，透過這一輪清澈芳潔的光圈，使人自見本性，至善
之心當即呈現。所以，「禪」是最高妙的境界，全靠智慧的眞覺洞察，
在淵默涵深之中，徹悟出嶄新的人生境界。

　　就詩詞而言，隋唐以還的詩家詞人，或多或少都含有些許禪意。
以禪說詩，眾所習見，至於以禪喻詞，可以說一新天下耳目，又爲詞
家另闢一途。〔註3〕因爲詞發展至明末，競尚冶豔浮華，與禪義相去
甚遠，至清初詞人漸喜借禪喻詞，以拓展詞境。饒宗頤指稱：

詞家以禪取譬者，約有二義，一以求懺悔，一以求解脫。
求懺悔者，消極之論，聊自慰釋；求解脫者，則其造論往

---

〔註 1〕 見《慈航雜誌》，頁9。
〔註 2〕 引見巴壺天，〈發掘詩詞礦裡的寶藏——禪旨或哲思〉，《中央日報》
　　　　〈文史〉第一六○期，70.6.23.。
〔註 3〕 清・江順貽，《詞學集成》卷七，《詞話叢編》冊九，頁3261。

往有新之體會，於詞境之開拓尤有功焉。〔註4〕

靜安詞中之禪意即屬後者。其尤擅長涵融人間相與禪意入詞，如空山絕響，悠邈淵永。如〈採桑子〉詞云：

　　高城鼓動蘭釭炧，睡也還醒，醉也還醒，忽聽孤鴻三兩聲。

　　　人生只似風前絮，歡也零星，悲也零星，都作連江點點萍。

全詞結構簡單，情感蘊藉深沉。上片由「高城」、「鼓動」、「蘭釭炧」等習見意象勾勒出失眠的夜晚景況，引發一種孤獨飄零的氛圍。「孤鴻」常為遠遊或謫貶流放之象徵，因此詞人的悲愁受「孤鴻」哀鳴的影響而更為加深。像一種突然的醒覺，詞人逐漸了悟到人生只不過像風中柳絮一般，隨風飄盪游移，自己無法抉擇自己的命運。即使歡樂與悲傷也並無差別，同樣也會成為水中的飄萍，浮盪水面，無所憑依。下片開始，靜安先後以類比法來表達兩種事物間的類似關係。首先，生命比作風中飄盪的柳絮；繼而，生命的屬性──歡樂與悲哀，比作水中的浮萍，而浮萍却就是沉落水中的柳絮。這種因循的關係，營釀一股濃厚的悲劇意味，結語就在悲觀的情境中，冀求解脫。

　　企求解脫的思想，在〈浣谿沙〉一詞裏表現得更明顯，詞云：

　　山寺微茫背夕曛，鳥飛不到半山昏，上方孤磬定行雲。　　試上高峰窺皓月，偶開天眼覷紅塵，可憐身是眼中人。

此詞上片是一夕陽殘照的實景，其特徵是當夕陽西沈時，在高山之上背觀自然景象，只見雲海層次波湧，令人直覺到一股孤高沈寂的氣息。「夕曛」尤其加濃了孤高沉寂的氣氛，高山鳥飛不到突出了孤高沉寂的形象，而「孤磬」之聲傳述出孤高沈寂的實景，營造出群峰之上靜沈沈的境界。下片呈現一朦朧的幻覺。「試上」是假設之詞，證明其欲上而未上。詞人雖意欲攀上高峰兜覽全景，但「覷紅塵」此一旋轉軸把孤高的虛景墜落人間實景，亦即將殘寂朦朧的大自然景象轉化成身世自憐之慨，所以詞人內心的朦朧幻覺實際上正是詞中所蘊涵

---

〔註4〕　饒宗頤，〈詞與禪悟〉，《清華學報》卷七，一、二期合訂本。

的禪機。靜安原意幻想將自我置身於一超越的立場觀看人間世相，因此全詞的運動、進展一直在持續的高度之上，如「山寺」、「飛鳥」、「高峰」、「皓月」、「行雲」，最後一句却出人意表地陡然自想像的高峰跌落現實紅塵，至是始頓悟己身也是擾擾攘攘勞苦憂患的芸芸眾生之一。這種對比技巧的運用，大大強化了詞中失望和悲戚的氣氛，透露詞人雖滿懷出世的心情，却無奈地忍受人世間諸多煩惱所羈絆。

　　「天眼」一詞是佛教語，原意為神視或無限之眼域，於此指詞人觀看世態人生現象的眼光。按照佛家的說法，只有在獲得「天眼」之後，一個人才能看到人生之真正本質——悲慘與苦難。因此，獲得「天眼」以從超越的觀點照看事物，乃是從輪迴之流求解脫之必須步驟。「上方孤磬定行雲」具有雙重意義，除了視作景物的描寫外，又反映出其內心意向出家以求解脫的思想。山寺的磬聲代表佛家的教義，「行雲」則象徵著人生之盛衰興滅。山上行雲游幻不定，唯有神寺磬聲一縷，彷彿能揭響入雲，將之繫住；換言之，世間眾生終日勞碌奔波，過著悲慘苦難的生活，唯有佛學義諦可以撫慰眾生疲累的心靈，得以自輪迴的歷劫中解救出來。結語在一番了悟之後，在自憐自惜之中安置一己的位份。全詞就思想而言是悲觀的，但表現於詞中的意境豈僅止於悲涼而已。所以全詞之妙諦，貴乎有禪境而無一禪語。

　　再看一首〈踏莎行〉

　　　　絕頂無雲，昨宵有雨，我來此地聞天語。疎鐘暝直亂峰回，孤僧曉度寒溪去。　　是處青山，前生儔侶，招邀盡入閒庭戶。朝朝含笑復含顰，人間相媚爭如許？

前二句寫景，於空靈之境中寓意皈依佛門的決心。「疎鐘」象徵佛學教義，正是詞人歸循的方向。下片寫詞人獨歸青山，是前世已定之因緣，有因果輪迴之意，在物我交融中另有一番豁悟。「朝朝含笑復含顰」一句，具現詞人豁達圓融的真性情。然而，如此恬淡自適的心境，又豈是人間所得遇求？全詞於此戛然而止，於言外留下無窮情味，饒富禪趣。

　　前述二闋詞是使用佛語，或吟佛跡以引發禪趣；靜安詞中又有描寫禪境而具有禪趣之作，此爲詞中抽象的審美觀念，以心證心，憑直觀的智慧，以達會心的妙悟。如〈玉樓春〉一詞：

　　　　西園花落深堪掃，過眼韶華眞草草。開時寂寂尚無人，今日偏嗔搖落早。　昨朝却走西山道，花事山中渾未了。數峰和雨對斜陽，十里杜鵑紅似燒。

全詞以逆溯手法形成今昔興滅的強烈對比。上片描寫人間世的實景，由春色零落淒寂，感覺到生命的落空與繁華的易逝。這種自然的反應，顯然是出自詞人內在本質的傾向。下片敷寫想像中的虛景，燦麗奪目，美不勝收。「數峰和雨對斜陽，十里杜鵑紅似燒」一句見出詞人觀照自然的感受，由物我合一，達到物我兩忘的「無我之境」。全詞在質樸的文字裡蘊藏著一片純性、任眞與悲憫情懷，耐人尋索。

　　宇宙間的變化原是平淡無奇的，日出日落、寒暑替易，都是最自然平淡的現象，但却是人類眞實生活的一部份，一個具有慧悟與眞性情的詞人，面對時空的轉易，心靈深處豈能不受影響？是以靜安不時以蘊藉的才情，刻露飄逸恬淡的禪趣，企圖在空靈之境中，豁悟人生哲理，另創人生的新境界。如以下諸詞云：

　　　　人寂寂，夜厭厭，北窗情味似枯禪。(〈鷓鴣天〉)

　　　　夾岸鸎花遲日裡，歸船簫鼓夕陽間，一生難得是春閒。(〈浣谿沙〉)

　　　　猛雨自隨汀雁落，濕雲常與暮鴉寒，人天相對作愁顏。(〈浣谿沙〉)

　　　　高峽流雲，人隨飛鳥穿雲去。數峰著雨，相對青無語。(〈點絳脣〉)

　　　　說與江潮應不至，潮落潮生，幾換人間世。(〈蝶戀花〉)

　　　　西窗落月蕩花枝，又是人間酒醒夢回時。(〈虞美人〉)

　　細繹靜安詞中的禪意，率皆由外在世界的客觀存在，轉化爲內在世界的主觀存在，達到物我交融、渾然一體的境界，表現出空靈、超

俗、忘我、孤絕的感受，引發詞中無限的智慧與生機，含有高度的禪趣。但是，靜安詞中的生命基調仍是悲觀的，所以，即令是在最曠達放逸的作品中，亦含有悲涼意味，如此矛盾性的組合，遂構成其獨特的人生境界——悲憫人世與企求解脫。

# 結　論

　　靜安生性靜默篤實，一生寢饋於書叢文字間，秉持著審慎明辨的
態度，以其獨具之精識銳見，專務於學術研究。終其一生，對學術界
的貢獻：於哲學上，首先引進德國意志哲學思想。於文學上，《人間
詞話》獨標「境界」以爲評騭準則；《紅樓夢評論》是第一篇有系統、
有組織，爰引西洋文論批評中國舊小說之作；《宋元戲曲考》則爲曲
學史研究開啓蓽路之功。於古文字學、古器物學上，詮解甲骨，考釋
鐘鼎，從金石甲骨以證合《說文》，重建我國文字學研究的新體系。
於史學與古地理學上，利用地下資料與紙上材料作參互研究，以考證
古史，於殷周制度的解釋多所創獲。並用近代考古的發現，如西陲木
簡、敦煌殘卷以及突厥特勒碑等，以證成解決西北古地理上的問題。
以上僅舉其中犖犖大要，足可概觀靜安學識之淵博，與其創獲之豐
碩。是以，繆鉞曾稱美靜安說：

> 近世中國學術史上之奇才。學無專師，自闢戶牖，生平治
> 經史、古文字、古器物之學，兼及文學史、文學批評，均
> 有深詣創獲，而能開新風氣，詩詞駢散亦無不精工。其心
> 中如具靈光，各種學術，經此靈光所照，即生異彩。論其
> 方面之廣博，識解之瑩澈，方法之謹密，文辭之精潔，一
> 人而兼具數美，求諸近三百年，殆罕其匹。［註1］

---

〔註 1〕 見繆鉞，《詩詞散論》〈王靜安與叔本華〉，頁 68。

　　其生平所就，引其一端，皆可成一專著，此在本文範圍之外，今專言其詞。

　　靜安早年窮究哲學深自有所得，因而漸由哲學移於文學。哲學上的靈光睿見，雖然有助於詞境上的拓展濬深，同樣的，也成為他心理上的傷痕。〔註2〕由於當時正處於新舊文化交替變動之際，人心亟欲思變，於是喚起靜安治哲學時一些苦悶的回憶，而有了無所適從之感，不禁發之於詞。是以其筆下往往蘊涵一股極濃厚的憫世憂生的情懷，發自於其對時代環境變遷之感慨，衷情切至，有以致之。

　　靜安一生為學數變，於詞用力亦最劬，著有《人間詞》、《人間詞話》等。一般評論家視其詞作為詞的復甦，及五代、兩宋詞傳統的延續。〔註3〕其個人對自己所為詞亦頗自負，〈自序二〉一文中曾坦率直陳：

> 余之於詞，雖所作尚不及百闋，然自南宋以後，除一二人外，尚未有能及余者，則平日之所自信也。雖比之五代北宋之大詞人，余媿有所不如，然此等詞人亦未始無不及余之處。〔註4〕

率直如此，自負如此，若非深造自得者，何以誇言？靜安又於〈人間詞甲稿序〉文中託名樊志厚，復就前意自叙甚詳，云：

> 君（靜安自託）之於詞，於五代喜李後主馮正中，於北宋喜永叔子瞻少游美成，於南宋除稼軒白石外，所嗜者蓋鮮矣。尤痛詆夢窗玉田，謂夢窗砌字，玉田壘句；一彫琢，一敷衍，其病不同，而同歸于淺薄，六百年來詞之不振實自此始。其持論如此。及讀君所自為詞，則誠往復幽咽，動搖人心，快而沈，直而能曲，不屑屑于言詞之末，而名句間出，殆往往度越前人。至其言近而指遠，意決而辭婉，自永叔以後，殆未有工如君者也。……若夫觀物之微，託興之深，則又君詩

---

〔註2〕　見勞榦，〈說王國維的浣谿沙詞〉，《文學雜誌》三卷五期。
〔註3〕　參考樊志厚，〈人間詞序〉、賀光中，《論清詞》、左舜生，《萬竹樓隨筆》等各家說法。
〔註4〕　《全集》第五冊，頁1828。

詞之特色，求之古代作者，罕有倫比。〔註5〕

蓋慢詞之發展，由柳永始，後此作家名章疊出，或爲精深婉麗之句，或製豪壯沈雄之詞，疏密不同，剛柔自異。靜安以爲慢詞流衍至夢窗、玉田以還，辭句務求典雅，音律益究精微，迨乾嘉年間止，遂陷入一兩難式裡：一方面要求詞貴有警句，於是從事彫琢，排比敷衍；另方面要求詞貴諧美，因而極力錯采鏤金，不免流於淺薄。六百年來，詞體發展就介乎彫琢與淺薄之間擺盪游移，難以尋獲恰如其分地調和。由於靜安對文學的基本觀念，是崇眞切而斥虛浮，重自然而薄彫琢，是以其論詞祖北宋而挑南宋。因爲北宋眞切，南宋膚淺；北宋自然，南宋彫琢，此其所以自爲詞亦偏好小令而少慢詞之故。其實小令、慢詞各有矩矱，運用之妙，唯存乎一心。慢詞因爲體製較長，設若才氣不足，不得不隸事用典，彫琢藻繢，蔽於文字障裡。而小令的好處，在於能將眼前景、心底情，一氣呵成予以言宣，具有興象風神之效，含不盡之意斂於言表。綜觀靜安的小令，大都合乎此一原則，尤其擅長作決絕語，而有一唱三歎之致。

　　獨擅小令，固然是靜安詞作的特色之一，然而其最特出者，乃在於涵融人生哲理注之於詞，極寫宇宙人世瑣尾流離之感。如「山寺微茫」（〈浣谿沙〉）之企圖解脫而不得，「憶挂孤帆」（〈蝶戀花〉）之欲望無法饜飫。其實靜安對人間的感情，一貫是懷抱著出世的心情，做著入世的事，雖然亟欲企求解脫，却始終徘徊於「去之」既有所不忍，「就之」又有所不能的矛盾痛苦中。是以筆下往往有情深於淚，哀溢於辭的作品表現，蘊藉極濃厚的憫世憂生情懷，涵孕極深刻的人生哲理，這正是靜安所深自期許的特殊境界。〈人間詞乙稿序〉：

> 靜安之爲詞，眞能以意境勝。夫古今人詞之以意勝者，莫若歐陽公；以境勝者，莫若秦少游。至意境兩渾，則惟太白後主正中數人，足以當之。靜安之詞，大抵意深于歐，而境次于秦。至其合作，如甲稿〈浣谿沙〉之「天末同雲」，

<hr>

〔註5〕《全集》第四冊，頁1505～1506。

〈蝶戀花〉之「昨夜夢中」，乙稿〈蝶戀花〉之「百尺朱樓」
等闋，皆意境兩忘，物我一體，高蹈乎八荒之表，而抗心
乎千秋之間，駸駸乎兩漢之疆域廣于三代，貞觀之政治隆
于武德矣。〔註6〕

誠然，靜安詞有其足以自負之處，但是無可諱言的，其詞也確有
不如前人者，近人多評論其詞善於融化古人之詞句，在意象和技巧運
用上，也有借重前人作品之處。雖然如此，靜安都能夠翻新語意，增
益自己語句之精美。因為文學貴乎創新，但創新主要在思想感情，有
出奇的思想感情，就算襲用前人的陳言舊語而能貼切傳神，也不失為
上乘之作，如周美成〈西河〉一詞即最為後人稱道，因此融化古人詞
句並不能全然視作因襲剽竊。因為一位有學養的文人不免將前人的名
句爛熟於胸，烙印腦際，下筆時自然奔赴融入自己的作品裡，只要能
脫胎換骨，在意境上推陳出新，一樣能達到青勝冰寒的境界。誠如〈苕
華詞簡論〉一文所言：

在既存傳統中寫作，而採用其已成之技巧和安排，與藝術
價值和情感力量之表達並無衝突不妥之處。而最重要的，
乃是在作者之轉化能力如何。……我們可以看出王氏在詞
的創作上具有極驚人的轉化力量。〔註7〕

此語乃是持平之論，確能肯定靜安詞的藝術價值。

至於近人對靜安詞的評價，一般都認為靜安詞之所以深為讀者
所激賞、所傳誦，貴于其詞具有極端超特之意境，與迥異庸眾的風
格，〔註8〕實非並世一般詞人所可企及。這不僅由於靜安的學植深
厚有以致之，而其資質穎慧及拓植意境的敏銳識見，尤為主要因素。

平心而論，以「長短句」此一藝術形式作抒情的表現，能作到情、
境、事、態四者渾然一體，交融互鍊，本是詞人的表現達到顛峰狀態

---

〔註6〕 《全集》第四冊，頁1508。
〔註7〕 見韻樓，〈苕華詞簡論〉，收錄於《中國古典文學論叢冊一：詩歌之
部》，頁273。
〔註8〕 見陳敬之，〈王國維〉之四，《建設》四十五卷四期。

之後的必然要求。靜安於詞，儘管研鍊之功未臻極至，然而他爲了「欲於其中求直接之慰藉」，而能在短短兩三年之內，以其特具的靈光睿見，寄慨內心深沈的憫世憂生的悲悽情懷，求之當世學人，實所罕覯。綜觀詞體發展的歷程，晚唐五代始如春雲乍展、臨風奮飛；兩宋則如雲蒸霞蔚，名家輩出，無不致力於開拓詞境，潛轉風會，詞風臻於極盛；元明兩代曲盛於詞，詞體漸趨沈晦；有清一代剝極而復，上探五代之驪珠，下振兩宋之墜緒，發詞林之幽闇。詞體迭經一千多年的嬗變繁衍，已至無可增益的地步，至靜安出，秉持個人執著堅貞的質性，渾融篤厚的涵養，藉由詞章表達他對人世愛、憐、悽切的純摯情感，猶如凌空殞落的彗星，在墜落的瞬間，放出最後的異彩，而後光彩絢燦的落幕。因此，靜安詞在詞史上的地位與價值，有其堅實獨立的位份，是無庸置疑的。

# 附錄：靜安先生自沉的原委初探

　　靜安先生學術上的成就，素為士林仰重，其遽爾投湖自盡，不僅是學術界一大損失，同時也成為各方爭議的焦點，更為日後研究其學術者，留下一大懸案。筆者僅就識力所及，試作分析。

　　　生滅原知色即空，眼看傾國付東風。驚回綺夢憎啼鳥，冒
　　　入情絲似網蟲。雨裡羅裳寒不寐，春闌金縷曲方終。返生
　　　香豈人間有，除奏通用問碧翁。〈落花‧其一〉

　　　流水前溪去不留，餘香駘蕩碧池頭。燕銜魚喋能相厚，泥
　　　污苔遮各自由。委蛻大難求淨土，傷心最是近高樓。庇根
　　　枝葉由來量，長夏陰成且少休。〈其二〉〔註1〕

　　這是靜安於自沈前一日替「述學社」社友謝國楨書寫扇面所題的〈落花詩〉二首。詩雖係咏落花而作，詩中「生滅原知色即空，眼看傾國付東風」、「返生香豈人間有，除奏通明問碧翁」、「委蛻大難求淨土，傷心最是近高樓」及「庇根枝葉由來量，長夏陰成且少休」等句，直似靜安當時自況之辭，而其決意自沈的心境，亦不覺流露於楮墨之間。

　　民國十六年（1927）六月二日（陰曆五月初三日）上午，約莫十點鐘光景，靜安僱車直赴頤和園，行至排雲殿西魚藻軒前，臨流獨立，

---

〔註 1〕 引見《國學月報》第二卷第八、九、十號合刊本插畫。

又踅回軒內燃煙自遣。不久，園丁忽聞有落水聲，趕往救起，其間不及兩分鐘，早已氣絕，而背衣猶未盡濕。〔註2〕

　　候法醫驗屍，於靜安衣帶中得其與三子貞明的遺書一封，書云：

> 五十之年，只欠一死，經此世變，義無再辱。我死後當艸艸棺歛，即行藁葬於清華塋地。汝等不能南歸，亦可暫於城內居住。汝兄亦不必奔喪，固道路不通，渠又不曾出門故也。書籍可託陳吳二先生處理。家人自有人料理，必不至不能南歸。我雖無財產分文遺汝等，然苟謹慎勤儉，亦不至餓死也。五月初二日，父字。

　　關於靜安自沈的原因，向有幾種不同說法，以下則概舉其要，次第分述於後：

## （一）為清室殉節說

　　持此法最力的是羅振玉，及一些與羅振玉有關的人。羅氏於〈海寧王忠愨公傳〉裡明白指出，靜安乃是為清室殉節而死。傳云：

> 甲子十月，值宮門之變，公援主辱臣死之義，欲自沈神武門御河者再，皆不果。……明年春，幸天津，公奉命就清華學校研究院掌教之聘，以國學授諸生，然公睠戀行朝。今年夏，世變益急，公憂益切，乃卒以五月三日自沈頤和園之昆明湖以死。家人於衣帶中得遺墨，自明死志曰：「五十之年，祇欠一死，經此世變，義無再辱。」並屬予代呈封章。……〔註3〕

又〈祭王忠愨公文〉亦云：

> 維丁卯五月三日，海寧王忠愨公既完大節……〔註4〕

樊炳清〈王忠愨公事略〉云：

> 丁卯五月，公憂心君國，於學校試畢，初二日，草封奏書遺囑，深宵閱試卷既訖，三日晨，乃赴京西頤和園，投昆

---

〔註2〕 詳見柏生，〈記王靜安先生自沈事始末〉，《全集》第十六冊，頁7148。
〔註3〕 《全集》第十六冊，頁7021。
〔註4〕 《全集》第十六冊，頁7115。

明湖死。〔註5〕

陳守謙〈祭王忠慤公文〉云：

> 君以纏綿忠愛之忱，眷懷君國之念，十餘年來湮鬱填塞，
> 辛以一死以自明其志。……比者國變迭起，遜帝流離顛沛，
> 揆諸君辱臣死之義，死固其所。……〔註6〕

各家說法均與羅氏雷同，看似大義凜然，堪與日月爭光，實則「代呈封章」一事頗有疑問。綜觀靜安遺書，寥寥數語絲毫無一眷戀清室之辭，以羅王相交之深，若靜安有意請羅氏「代呈封章」，何以遺書中卻隻字未提？這件事，溥儀日後在自傳中曾有如是說明：

> 羅振玉假造遺摺的秘密，被鄭孝胥通過這一辦法（案：收買對手的僕役探聽對手的隱私）探知後，很快就在某些遺老中間傳播開了。這件事情的真相當時並沒有傳到我耳朵裡來，因為，一則諡法業已賜了，誰也不願擔這個「欺君之罪」，另則這件事情傳出去實在難聽，這也算是出於遺老們的「愛國心」吧，就這樣把這件事情壓下去了。一直到羅振玉死後，我才知道這個底細。近來我又看到那個遺摺的原件，字寫得很工整，而且不是王國維的手筆，一個要自殺的人居然能找到人代繕絕命書，這樣的怪事，我當初卻沒有察覺出來。〔註7〕

雖然，殉清的說法不攻自破，但是靜安與宣統帝之間有著深厚的情誼，卻是不容置疑的，這也是人之常情。

## （二）與羅振玉有關說

另有一些人懷疑靜安的自殺與羅振玉極有關連，因而羅氏不得不力持殉清說以為自己脫罪。史達〈王靜安先生致死的真因〉首先駁斥殉清說，並詳細敘述羅王二人的恩怨：

> 據熟悉王羅關係的京友說，這次的不幸事件完全由羅振玉

---

〔註5〕《全集》第十六冊，頁7018。
〔註6〕《全集》第十六冊，頁7116。
〔註7〕溥儀，《溥儀自傳》，頁262～263。

一人逼成功的。原來羅女本是王先生的子婦，去年王子病死，羅振玉便把女兒接歸，聲言不能與姑嫜共處。可是在母家替丈夫守節，不能不有代價，因強令王家每年拿出二千塊錢交給羅女，作爲津貼。王先生晚年喪子，精神創傷，已屬難堪，又加這樣地要索挑唆，這經濟的責任實更難擔負了。可是羅振玉猶未甘心，最近便放了一枝致命的毒箭。以前他們同在日本曾合資做過一趟生意，結果大大攢錢，王先生的名下便分到一萬多。但這錢並未支取，即放在羅振玉處作爲存款。近來羅振玉忽發奇想，又去搭王先生再做一趟生意，便把這存款下注作本。王先生素不講究這些治生之術的，當然由得他擺佈。不料大折其本，不但把這萬多塊錢的存款一箍腦兒丟掉，而且還背了不少的債務。羅振玉又很慷慨地對他說：「這虧空的分兒你可暫不拿出，只按月拔付利息好了。」這利息究要多少？剛剛把王先生清華所得的薪水喫過，還須欠些。那麼一來，把個王先生急得又驚又憤，冷了半截，試問他如何不萌短見？這一枝毒箭，便是王先生送命的近因。合此二因，竟把一個好端端學者活活的逼死。〔註8〕

關於羅氏向靜安索取女兒生活費，及二人合夥做生意一事，靜安之女王東明女士曾撰文說明此事純屬無稽之論。〔註9〕以羅氏用錢方面的慷慨，動輒斥巨資印書，及其對靜安獎掖提携的情誼看來，史達的「逼債」說，難以成立。

此外，有幾家的說法都不認爲靜安的自殺是單一原因，但是或多或少都與羅振玉有關。如殷南〈我所知道的王靜安先生〉云：

這個環境（案：與羅氏共同研究考古學）也就不知不覺把他造成一個遺老。偏偏在去年秋天，既有長子之喪，又遭摯友之絕，憤世嫉俗，而有今日之自殺。這不但是人家替

---

〔註8〕引見王德毅，《王觀堂先生年譜》，頁373。
〔註9〕王東明女士，〈先父王公國維自沈前後〉，《中國時報》〈人間世副刊〉，七十三年五月二十日。

　　他扼腕惋惜，也是他自己深抱隱痛的一點。豈明君說他自
　　殺的原因，是因爲思想的衝突與精神的苦悶，我以爲是能
　　眞知王先生的。〔註10〕

此外，殷南在該文中堅稱聽到靜安「不便告人的話」，又爲環境所壓
迫，不能輕易變更，一旦時機危迫，除死別無他法，但是靜安之死實
非殉清。

　　又柏生〈記王靜安先生自沉事始末〉云：
　　家道極貧，近年復有西河之慟，故交中絕，四顧茫然。其
　　遺書云：「五十之年，只欠一死。」固其心中有難言之慟，
　　得非大可悲也耶？雖然，先生之死，自有宿因；而世亂日
　　迫，實有以促其自殺之念。〔註11〕

二人所言極悲切，而靜安的投湖自盡確實與長了之喪有很大關係，
〔註12〕這也一直是他內心隱痛所在。靜安最愛的是長子潛明，而他
竟於民國十五年（1926）秋，早靜安一年去世，靜安暮年喪子，內
心所遭受的打擊極深，羅氏却於此時悄然攜女返家，於情於理，殊
不合宜。至於羅王二人日後失歡是否別有原因，因爲羅氏與靜安的
信已焚燬，〔註13〕而靜安致羅氏之書，海外雖已刊佈，但取之不易，
筆者迄今無由得見，因此不能妄下斷言。

## （三）憂時局說

　　除以上二種說法外，另一種以政治觀點著眼，而認爲靜安的死實
係因爲世變的刺激所致。梁啓超致其長女令嫻書云：
　　他平日對於時局的悲觀本極深刻，最近的刺激，則由兩湖
　　學者葉德輝、王葆心之被槍斃，葉平日爲人本不自愛，也
　　還可說是有自取之道，王葆心是七十歲的老先生，在鄉裡

---

〔註10〕　《全集》第十六冊，頁7166。
〔註11〕　《全集》第十六冊，頁7150。
〔註12〕　王東明女士，〈最是人間留不住〉：「他的投湖自盡與大哥過世有很大
　　　　　關係。……此事後，不再見父親的歡顏，不及一年他投湖自盡了。」
　　　　　《聯合報》第八版，七十二年八月八日。
〔註13〕　同上註。

德望甚重，只因通信有「此間是地獄」一語，被暴徒拽出，極端箠辱，卒致之死地。靜公深痛之，故效屈子沈淵，一瞑不復視。〔註14〕

顧頡剛〈悼王靜安先生〉一文也有類似看法：

他的死是怕國民革命軍給他過不去。湖南政府把葉德輝鎗斃，浙江政府把章炳麟家產籍沒，在我們看來，覺得他們罪有應得，並不詫異，但是這種事情或者深深地刺中了靜安先生的心，以爲黨軍既敢用這樣的辣手對付學者，他們到了北京也會把它如法泡製，辦他一個「復辟派」的罪名。

〔註15〕

二人的說法，無非試圖爲靜安遺書中「經此世變，義無再辱」作註腳。這樣的解釋是否正確，於此姑置勿論，但靜安之死，與當時世變的激亂不無關係，則是可以想見的事。

## （四）結 論

上所舉述各家說法，皆係從所發生的事象上立論，如欲強作解釋，固然皆可視爲促使靜安自沈的外在原因，至於內在的癥結，實緣於其秉賦抑鬱的性格、悲觀的思想、及高潔的理想，三者長久在內心衝突、掙扎所導致的結果，而導火線則在北伐軍變。玉李〈王靜安先生〉一文指出：

先生感覺銳敏而禁不住熱情，理智深潛而太耽於思索。由此你彷彿可想見先生率眞孤僻不慣社交，愛沈思，常憂，身體軟弱，行動古板的性行。……甲午戰後，靜安先生治叔本華哲學，頗以此觀點評論《紅樓夢》。又先生自殺的意志，於此也可有根據吧。〔註16〕

又繆鉞〈王靜安與叔本華〉一文中亦說：

靜安受叔氏影響，常存厭世厭生之心。……內心隱微之中，

---

〔註14〕引見王德毅，《王觀堂先生年譜》，頁 361。原文見《梁任公先生年譜長編初稿》。

〔註15〕《全集》第十六冊，頁 7128。

〔註16〕見《人間世》二十七期。

　　時感衝突之苦，……如一旦有特殊刺激，感危難之來臨，
　　則將乏抵抗之勇氣。蓋平日既存心厭世，無意戀生，苟大
　　難將至，則以為不如一死以避之，無須備受艱苦以保存此
　　無謂之生命也。靜安之自殺，當時自有其特殊受刺激之原
　　因，然決不能謂原因僅止於此。〔註17〕

這是就性格、思想來說明靜安內心衝突矛盾之苦。靜安以為人生祇如
鐘表之擺動，實往復於苦痛與厭倦之間而已，所以若有生活之欲存乎
其間，則雖出世而無與於解脫；若無此欲，則自殺亦未始不是解脫之
一種。〔註18〕而這種思想，可以說蘊藉有時，一旦生存的恐懼超過死
亡的恐懼，惟有滅絕意志以求解脫，唯其如此，才能表示內心不滿於
當時社會，但又不能屈服於當時社會所做的沈痛抉擇。〔註19〕正如陳
寅恪〈王觀堂先生輓詞序文〉中說：

　　凡一種文化值衰落之時，為此文化所化之人，必感苦痛，其
　　表現此文化之程量愈宏，則其所受之苦痛亦愈甚；迨既達極
　　深之度，始非出於自殺無以求一己之心安而義盡。〔註20〕

陳氏以為「中國文化精神」乃靜安平日所信守的最高理想，因而其
所殉之道，所成之仁，均為抽象理想之通性，而非具體的一人一事。
〔註21〕但是世局動亂，政治屢遷，一旦所信守的綱紀既已遭受破壞，
無所依恃時，不得已就走上自絕一途。

　　同時，梁啓超〈王靜安先生墓前悼辭〉也說之甚詳：

　　自殺這個事情，在道德上很是問題：依歐洲人的眼光看來，
　　這是怯弱的行為；基督教且認做一種罪惡。在中國却不如
　　此……，許多偉大的人物有時以自殺表現他的勇氣。孔子
　　說：「不降其志，不辱其身，伯夷叔齊歟！」寧可不生活，

---

〔註17〕　見《詩詞散論》，頁77。
〔註18〕　《全集》第五冊《紅樓夢評論》，頁1642。
〔註19〕　《全集》第五冊，〈叔本華與尼采〉文中評叔氏「意志滅絕說」：「其
　　　　　說滅絕也，非真欲滅絕也，不滿足於今日之世界而已。」頁1692。
〔註20〕　《全集》第十六冊，頁7120。
〔註21〕　同上註。

不肯降辱；本可不死，只因既不能屈服社會，亦不能屈服
於社會，所以終久要自殺。伯夷叔齊的志氣，就是王靜安
先生的志氣！違心苟活，比自殺還更苦；一死明志，較偷
生還更樂。所以王先生的遺囑說：「五十之年，只欠一死。
經此世變，義無再辱。」這樣的自殺，完全代表中國學者
「不降其志，不辱其身」的精神；不可以歐洲人的眼光去
苛評亂解。王先生的性格很複雜而且可以說很矛盾；他的
頭腦很冷靜，脾氣很和平，情感很濃厚，這是可從他的著
述，談話，和文學作品看出來的。只因有此三種矛盾的性
格合併在一起，所以結果可以至於自殺。他對於社會，因
為有冷靜的頭腦所以能看得很清楚；有和平的脾氣，所以
不能採取激烈的反抗；有濃厚的情感，所以常常發生莫名
的悲憤。積日既久，只有自殺一途。我們若以中國古代道
德觀念去觀察，王先生的自殺是有意義的，和一般無聊的
行為不同。〔註22〕

梁氏以中國學者「不降其志，不辱其身」的精神解釋靜安自沈之因，
足與陳氏所持中國文化精神一說，互相印證，互相闡發。由此可知，
靜安之所以自沈，一言以蔽之，乃是基於一種思想上無法解脫的徬徨
與苦痛而卒以致之。這種以靜安的性格思想上解釋其自殺之因，與王
東明女士所作的辯言，適正符合。王女士〈先父王公國維自沈前後〉
一文說：

先父生性內向耿介，待人誠信不貳，甚且被人利用，亦不
置疑。在他眼中，似乎沒有壞人。因此對朋友，對初入仕
途所事奉的長官和元首，一經投入，終生不渝。他不是政
治家，更非政客。他所效忠的只是他心目中的偶像。就歷
史言，在他腦海中，仍是數千年來忠君報國的觀念，不管
中華民族任何族性建立政權，如被中國人事奉已久，其為
君上則一。

又說：

─────────────

〔註22〕《全集》第十六冊，頁 7122。

凡了解先父的性格及操守者，當知他心中所秉持的道和志，儒者所學本身是經世致用的，從政的目的，亦不過在維護他心目中的綱常，以求治平之道。即令實際參與政治活動，亦無損於他的清白，更無污點需要洗刷。〔註23〕

王女士之言，足以澄清靜安的操守與志節。

靜安之所以矢忠清室，不過是立其個人節操而已，〔註24〕並非狹義地忠於一姓一朝。因此可以想見，靜安在飽經人世憂患後，內心承受著子喪友絕之痛，外界政局正處於急遽變動之中，深心以爲再難面對任何打擊，不如一死，以解除一切內心的痛苦，避免未來難以預測的侮辱，因而堅決地走向自沈一途。

總之，革命軍北伐宛似一把火，燃起靜安內心滅絕意志的意念，西河之慟、故交中絕使之失去往日歡顏，而性格的缺憾、思想的固執及理想的幻滅，日夜在他心中衝突交戰，終於迫致他投湖自絕。這種壯士扼腕的沈痛心情，豈是外人僅憑臆測所能了解？

案：本節所述，筆者曾當面向王東明女士請益，並承王女士惠贈珍藏資料，謹此致謝。

---

〔註23〕 見註9。
〔註24〕 戴家祥，〈讀陸懋德個人對於王靜安先生之感想〉，日本《文字同盟》第四號，頁33。

# 主要參考書目

## 一、專書類

1. 《王觀堂先生全集》，王國維，文華出版社。
2. 《靜庵詩詞彙》，王國維，藝文印書館。
3. 《王國維先生三種》，王國維，國民出版社。
4. 《校注人間詞話》，王國維、徐調孚注，漢京文化事業有限公司。
5. 《清史》，蕭一山，華同出版公司。
6. 《碑傳集補》，閔爾昌編，藝文印書館。
7. 《清代學者象傳》，葉恭綽編，文海出版社。
8. 《中國近代學人象傳》，出版者編，大陸雜誌社。
9. 《近代二十家評傳》，王森然，文海出版社。
10. 《民國王靜安先生國維年譜》，趙萬里，台灣商務印書館。
11. 《王國維年譜》，王德毅，台灣商務印書館。
12. 《人間詞話研究彙編》，何志韶編，巨浪出版社。
13. 《王國維及其文學批評》，葉嘉瑩，源流出版社。
14. 《王國維文學及文學批評》，蔣英豪，香港中文大學。
15. 《論王國維人間詞》，周策縱，時報文化出版事業公司。
16. 《苕華詞與人間詞話述評》，王宗樂，東大圖書公司。
17. 《清代學術概論》，梁啓超，中華書局。
18. 《近百年來的中國文藝思潮》，吳文祺，香港龍門書店。
19. 《國史新論》，錢穆，著者自印。

20. 《中國近代思想史論》，王爾敏，華世出版社。

21. 《全宋詞》，唐圭璋編，世界書局。

22. 《花間集》，趙崇祚編、蕭繼宗校注，學生書局。

23. 《唐五代詞》，不著編者，世界書局。

24. 《唐宋名家詞選》，龍沐勛選，河洛圖書出版社。

25. 《宋詞三百首箋注》，唐圭璋箋注，學生書局。

26. 《清名家詞》，陳乃乾編，香港太平書局。

27. 《清詞別集百三十四種》，陳乃乾編，鼎文書局。

28. 《近三百年名家詞選》，龍榆生編，世界書局。

29. 《清詞金荃》，汪師中，文史哲出版社。

30. 《中國歷代詞選》，羅淇編選，香港上海書局。

31. 《中國文學發展史》，劉大杰，華正書局。

32. 《中國文學史》，葉慶炳，學生書局。

33. 《現代中國文學史》，錢基博，香港龍門書店。

34. 《新編中國文學史》，不著編者，復文書局。

35. 《清代文學史》，韓石秋，百成書店。

36. 《中國文學批評家與文學批評》，朱東潤等，學生書局。

37. 《中國近三百年文學名著評介》，蔡義忠，文友出版社。

38. 《清代文學評論史》，青木正兒、陳淑女譯，開明書店。

39. 《中國韻文史》，龍沐勛，樂天出版社。

40. 《中國詩詞演進史》，嵇哲，莊嚴出版社。

41. 《詞曲史》，王易，廣文書局。

42. 《詞史》，劉子庚，學生書局。

43. 《文心雕龍註訂》，張立齋編著，正中書局。

44. 《詩品注》，陳延傑注，開明書店。

45. 《滄浪詩話校釋》，郭紹虞校，東昇出版事業公司。

46. 《清詩話》，丁仲祜，藝文印書館。

47. 《鶴林玉露》，羅大經，稗海。

48. 《詞話叢編》，唐圭璋編，廣文書局。

49. 《蕙風詞話人間詞話》，王幼安校訂，河洛圖書出版社。

50. 《詞律》，萬樹，中華書局。

51. 《御製詞譜》，清聖祖勅撰，聞汝賢據殿印本縮印。

52. 《詞林正韻》，戈載，中華書局。

53. 《詞調溯源》，夏敬觀，台灣商務印書館。

54. 《唐宋詞格律》，龍沐勛，九思出版社。

55. 《中國詩律研究》，王力，文津出版社。

56. 《詩文聲律論稿》，啓功，明文書局。

57. 《詞學通論》，吳梅，台灣商務印書館。

58. 《詞學》，張正體，台灣商務印書館。

59. 《詞論》，劉永濟，源流出版社。

60. 《詞學研究》，胡雲翼等，信誼書局。

61. 《詞學新詮》，弓英德，台灣商務印書館。

62. 《詞曲研究》，盧冀野，中華書局。

63. 《詩詞散論》，繆鉞，開明書局。

64. 《景午叢編》，鄭騫，中華書局。

65. 《宋詞通論》，薛礪若，開明書局。

66. 《詩詞曲研究》，黃勛吾，莊嚴出版社。

67. 《唐宋詞論叢》，夏瞿禪，文津出版社。

68. 《清代詞學概論》，徐珂，廣文書局。

69. 《論清詞》，賀光中，鼎文書局。

70. 《迦陵論詞叢稿》，葉嘉瑩，明文書局。

71. 《常州派詞學研究》，吳宏一，嘉新水泥文化基金叢書。

72. 《修辭學發凡》，陳望道，開明書店。

73. 《修辭學》，黃慶萱，三民書局。

74. 《文學概論》，王夢鷗，開明書店。

75. 《文學理論》，梁伯傑譯，大林出版社。

76. 《中國文學理論》，劉若愚，聯經出版事業公司。

77. 《中國文學論集》，徐復觀，學生書局。

78. 《中國文學欣賞舉隅》，傅庚生，大夏出版社。

79. 《古典文學（五）》，黃志民等，學生書局。

80. 《中國詩學》，劉若愚，幼獅文化事業公司。

81. 《詩論》，朱光潛，漢京文化事業有限公司。

82. 《中國詩歌的境界與情趣》，朱孟實等，莊嚴出版社。

83. 《中國韻文裡頭所表現的情感》，梁啓超，中華書局。

84. 《中國詩的神韻格調及性靈說》，郭紹虞，河洛圖書出版社。

85. 《中國古典文學論叢冊一：詩歌之部》，鄭騫等，中外文學月刊社。

86. 《中國詩學設計篇》，黃永武，巨流圖書公司。

87. 《中國詩學思想篇》，黃永武，巨流圖書公司。

88. 《中國詩學縱橫論》，黃維樑，洪範書店。

89. 《陳世驤文存》，陳世驤，志文出版社。

90. 《秩序的生長》，葉維廉，志文出版社。

91. 《文學的源流》，楊牧，洪範出版社。

92. 《境界的再生》，柯慶明，幼獅文化事業公司。

93. 《意象的流變》，蔡英俊編，聯經出版事業公司。

94. 《李義山詩析論》，張淑香，藝文印書館。

95. 《文藝心理學》，朱光潛，開明書店。

96. 《現代美學》，劉文潭，台灣商務印書館。

97. 《中國美學史資料選編》，王進祥編，漢京文化事業有限公司。

98. 《西洋美學資料選編》，出版者編，仰哲出版社。

99. 《二十世紀的哲學》，傅佩榮譯，問學出版社。

100. 《叔本華論文集》，陳曉南譯，志文出版社。

101. 《叔本華選集》，劉大悲譯，志文出版社。

102. 《西洋近代文藝思潮》，廚川白村、陳曉南譯，志文出版社。

103. 《西洋文學批評史》，顏元叔譯，志文出版社。

104. 《文學欣賞與批評》，徐進夫譯，幼獅文化事業公司。

105. 《艾略特文學評論選集》，杜國清譯，田園出版社。

106. 《神話與文學》，何文敬譯，成文出版社。

107. 《精神分析與文學》，王溢嘉，野鵝出版社。

## 二、期刊論文類

1. 〈王靜安先生專號〉，《國學月報》第二卷十號。

2. 〈王靜安先生逝世週年紀念專號〉，《學衡》第六十四期。

3. 〈王靜安先生傳〉，徐中舒，《東方雜誌》二十四卷十三號。

4. 〈王靜安先生〉，玉李，《人間世》二十七期。

5. 〈王國維（一～十二）〉，陳敬之，《建設》四十五卷一～十二期。

6. 〈王國維生平及其自殺〉，林熙，《大成》第五十一期。

7. 〈王國維跳湖自殺之謎〉，芝翁，《中國文選》第四十八期。

8. 〈陳寅恪挽王國維詩〉，杜若，《台肥月刊》二十卷三期。

9. 〈王國維何以自沉昆明湖〉，王孝廉，《藝文誌》第十一期。

10. 〈追念逝世五十年的王靜安先生〉，蔣復璁，《國立編譯館館刊》一卷二期。

11. 〈父親之死及其他、最是人間留不住〉，王貞明、王東明，《聯合報》72.8.8。

12. 〈王國維自沉之「謎」──兼評歷史人物的評價〉，楊君實，《中國時報》73.4.27、28、29。

13. 〈先父王公國維自沈前後〉，王東明，《中國時報》73.5.20。

14. 〈王國維自沈之謎後記〉，楊君實，《中國時報》73.9.30。

15. 〈為母親說幾句話──「王國維自沈之謎後記」讀後〉，王東明，《中國時報》73.10.23。

16. 〈論王國維並質王世昭〉，李秋生，《自由人》43.12.4。

17. 〈答王國維的辯護者〉，王世昭，《自由人》43.12.22、25。

18. 〈王國維專號〉，日本《文字同盟》第四號。

19. 〈述先師王靜安先生治學方法及國學上的貢獻〉，朱芳圃，《東方雜誌》二十四卷十九號。

20. 〈王靜安的學術思想〉，劉太希，《暢流》三十九卷十期。

21. 〈當代中國哲學──介紹叔本華與尼采的王國維〉，項退結，《哲學與文化》七卷十二期。

22. 〈王國維的哲學觀〉，陳俊成，《中華文藝復興月刊》十卷九期。

23. 〈王國維先生之哲學〉，陳光憲，《華學月刊》第三十九期。

24. 〈王國維先生的學術貢獻〉，王德毅，《書和人》第四十九期。

25. 〈王國維評紅樓夢〉，左舜生，《自由人》41.4.19、23。

26. 〈王國維談紅樓夢〉，劉太希，《大成》第五十期。

27. 〈王國維及其紅樓夢評論〉，王靖獻，《清華學報》十卷二期。

28. 〈美學批評初探──從王國維紅樓夢評論談起〉，楊昌年，《教學與研究》第三期。

29. 〈讀黃維樑「人間詞話新論」〉，李石，《中外文學》八卷九期。

30. 〈詞的境界之層次──從人間詞話談起〉，陳永崢，《自由談》三十

二卷四期。

31. 〈評王國維著人間詞話兼論詞的心理描寫〉，魏曼特，《民主憲政》
    四十七卷二期。

32. 〈再評王國維著人間詞話兼論詩的心理描寫〉，魏曼特，《民主憲政》
    四十七卷七期。

33. 〈王國維人間詞話研究〉，陳茂村，政治大學中文研究所。

34. 〈王國維境界說之研究〉，李炳南，師範大學中文研究所。

35. 〈王靜安的詩詞論〉，紀實，《今日中國》四十四～五期。

36. 〈人間詞話今議——淺釋王靜安先生的境界〉，陳俊成，《中華文化
    復興月刊》六卷八期。

37. 〈讀人間詞話〉，陳定山，《暢流》十一卷十一期。

38. 〈換一個角度看人間詞話〉，黃志民，《人與社會》一卷一期。

39. 〈王國維的情真源於閱世淺說辨誣〉，謝世涯，《南洋大學學報》八、
    九期合訂本。

40. 〈王靜安的詩〉，紀實，《今日中國》四十六期。

41. 〈說王國維的浣谿紗詞〉，勞幹，《文學雜誌》三卷五期。

42. 〈《苕華詞》的風格與內涵〉，閔宗述，《暢流》二十卷三期。

43. 〈從王國維人間詞話的三種境界論其苕華詞〉，龔顯宗，《靜宜學報》
    第五期。

44. 〈閒話王靜安詞〉，馮承基，《大陸雜誌》二十九卷七期。

45. 〈讀王靜安先生詞〉，左舜生，《自由人》41.4.12、16。

46. 〈論王國維苕華詞〉，王世昭，《自由人》43.11.24、27。

47. 〈王靜安的戲曲小說觀〉，紀實，《今日中國》四十七～八期。

48. 〈曲學功臣王國維〉，黃麗貞，《幼獅月刊》四十五卷五期。

49. 〈詞與禪悟〉，饒宗頤，《清華學報》第七期。

50. 〈發掘詩詞礦裡的寶藏——禪旨或哲思〉，巴壺天，《中央日報·文
    史》一六○期70.6.23。

51. 〈浙西、陽羨、常州三派詞略論〉，何須顯，《暢流》三十六卷十、
    十一期。

52. 〈論北曲之襯字與增字〉，鄭騫，《幼獅學誌》十一卷二期。

53. 〈影響詩詞曲節奏的要素〉，曾永義，《中外文學》四卷八期。

54. 〈詩與音樂〉，劉燕富，《幼獅文藝》一八六期。

55. 〈譬喻與修辭〉，郭紹虞，《國文月刊》第六十期。

56. 〈英詩中之意象〉，劉若愚，《新亞書院學術年刊》第三期。

# 三、西文專書

1. *Fables of Identity*，N. Frye, Harcourt, Brace & World, Inc., 1963.

2. *The Mind*，John R. Wilson, N. Y. 1974.

3. *Perspectives in Contemporary Criticism*，S. N. Grebstein, N. Y. 1967.

4. *Theory of Literature*，R. Wellek & A. Warren, Harcourt, Brace & World, Inc., 1956.